I0564692

Y^2

LE

CAPITAINE FARIGNAS,

ÉPISODE

DU SIÈGE DE BADAJOZ.

LA ROCHELLE,

Typ. de A. Siret, place de la Mairie, 3.

1854.

A NOS LECTEURS.

Alors qu'en 1848 la guerre pouvait surgir des complications nouvelles apportées aux relations internationales, alors que dans cette prévision, le sol se hérissait de baïonnettes, il pouvait devenir utile de réveiller en France l'esprit militaire que depuis quinze ans l'esprit mercantile avait si profondément altéré. Je me rappelai que dans ma jeunesse, pendant une partie de vacances passée chez un de mes amis, deux vieux hussards du 10e, cantonnés alors dans le village, nous avaient, au coin du feu, raconté toutes leurs batailles et entre autres, le siège de Badajoz. J'eus l'idée d'en faire le sujet de quelques feuilletons et je l'annonçai dans un journal de la Rochelle.

Je m'étais donc mis à l'œuvre, lorsque je rencontrai dans les papiers de mon père le journal même du siège, tenu par le colonel du génie Lamare, son ami, qui le lui avait donné ; je m'aperçus alors qu'il n'y avait pas là seulement matière à quelques feuilletons, mais qu'on en pouvait tirer un volume historique.

C'est cette histoire, écrite depuis longtemps, que je vais à mon tour raconter aux lecteurs du *Courrier* de la Rochelle ; c'est ce siège héroïque de Badajoz, que je vais sous leurs yeux dérouler avec toutes ses péripéties dramatiques, avec toutes ses phases d'espérance et de désolation.

Vainement j'ai, pour être le plus exact possible, compulsé les recueils officiels de l'époque ; le *Moniteur* ne donne pas une ligne relative à l'armée d'Espagne ; cette magnanime armée, en proie à tous les périls et à toutes les privations, déployant sans cesse un dévouement et une valeur indomptables, voyait couler son généreux sang, s'éteindre ses bataillons, sans même qu'une couronne fût déposée par le pouvoir sur tant de glorieuses tombes. Le silence le plus complet, voilà sa récompense. Napoléon eût voulu ensevelir sous un voile impénétrable cette fatale guerre d'Espagne, qui mordait sa gloire au cœur, comme le cancer qui, en lui déchirant la poitrine, devait bientôt lui-même le conduire au tombeau.

Tant d'admirables faits d'armes sont donc ignorés de la génération actuelle, ils seraient même, pour la plupart, condamnés à un éternel oubli, si quelques uns des acteurs de ces grands drames militaires n'avaient point pris la plume pour en fixer le souvenir et laisser un fleuron de plus au riche patrimoine de la France guerrière. Ainsi avait fait un des défenseurs de Badajoz, le colonel du génie Lamare.

Toute la partie militaire technique que n'avaient pu nous donner les deux hussards dont je parle dans les premières lignes de cet article, est donc de la plus rigoureuse exactitude. Le colonel, témoin et acteur dans la lutte acharnée d'une poignée d'assiégés contre des assiégeants huit fois plus nombreux, tient note de tous les combats, de tous les périls bravés ou conjurés presque heure par heure.

C'est donc avec le plus vif intérêt que dans ce siège mémorable on suit pas à pas les efforts de l'attaque et l'énergique ténacité de la défense, de la part d'une faible garnison qui porta le dévouement jusqu'à imiter celui de Decius, en offrant deux volontaires se dévouant à une mort à peu près certaine pour remplir la mission par eux acceptée. Le colonel Lamare a, par bonheur, pu transmettre à l'admiration publique le nom de ces deux hommes, l'un caporal, l'autre lieutenant de sapeurs du génie.

Un mot maintenant sur la part qui me revient dans ce travail publié avec mon nom. Le journal du colonel Lamare ne consacre à la fin que quelques lignes au capitaine d'artillerie Farignas et à ses compagnons de guerre , espagnols Joséphinos comme lui. Mais ces lignes sont caractéristiques, elles sont un vigoureux coup de pinceau tout trempé de couleur locale ; j'y ai vu un riche filon à exploiter. Je me suis emparé du dénouement du drame historique pour le renouer moi-même ; j'ai fait de l'épisode le pivôt autour duquel se meut tout le poème militaire ; j'ai marché du connu à l'inconnu, j'ai donné une forme dramatique à la peinture des mœurs et des passions de l'époque, en ne faisant toutefois se mouvoir mes personnages fictifs que dans le cercle rigoureux de la vérité historique , vérité complète en tout ce qui touche aux noms propres cités dans l'armée et pouvant devenir aujourd'hui un titre de gloire pour la famille de quelques-uns.

Enfin, j'ai voulu seconder le vœu du colonel Lamare, et donner plus de publicité à une de ces défaites belles comme une victoire ; j'ai voulu, comme le brave défenseur de Badajoz, et suivant ses expressions , *faire connaître les détails d'un évènement mémorable , que ne liront point sans fruit les militaires appelés un jour à faire des sièges et à défendre des places.*

E. LABRETONNIÈRE.

(*Courrier des Marchés* de Janvier 1854).

LE
CAPITAINE FARIGNAS.

CHAPITRE Ier.

Les 9e et 10e régiments de hussards ; — Cantonnement du 10e ; — Les deux vieux brigadiers ; — Entretiens au coin du feu ; — La vieille Lise ; — Souvenirs de guerre ; — Le capitaine Farignas et les Josephinos.

Nous étions à la fin de 1812 ; j'avais, comme à l'ordinaire, été passer mes vacances dans la Vendée, au village de Sérigné, auprès de Fontenay. Avant mon retour à la Rochelle, un de mes camarades m'avait engagé à aller, avec lui, passer quelques jours à Chaix, village au pied duquel serpente la Vendée, qui voit là se mirer dans ses eaux une longue ceinture de saules et de frênes, dont les racines décharnées se cramponnent au bord de prairies verdoyantes.

La France alors prenait l'aspect d'un vaste camp ; Moscou venait d'être évacué par la grande armée. Napoléon , comme s'il eût prévu qu'il dût bientôt en appeler à la valeur de ses soldats, de l'audace meurtrière des éléments conjurés , qui avaient pour la première fois arrêté sa marche , Napoléon avait rappelé d'Espagne une partie de la cavalerie qui, depuis quatre ans, y soutenait une guerre terrible. Les villes de garnison avaient donc, à leur grand plaisir , reçu presque toutes de nombreux renforts.

La Rochelle avait eu , pour sa part , le neuvième régiment de hussards. Toutes les fois que je passe devant la chapelle des Frères , il me semble encore me voir , mes livres sous le bras , quand je me rendais au collège , m'arrêter devant la porte de cette chapelle , qui servait alors d'écurie à un escadron , puis jeter un regard de respect aux hussards qui montaient la garde.

Notre époque toute matérialiste ne se fait pas une idée de l'empire qu'exerçait alors l'uniforme ; la gloire l'avait revêtu de tout son prestige; et il faut dire aussi qu'il était d'une richesse bien faite pour charmer les yeux avant de parler à l'âme. Le 9ᵉ hussards était admirable sous son dolman écarlate, et sa pelisse bleu de ciel , ses tresses , ses cinq rangs de boutons d'or , et son kolbach rehaussé par son long plumet vert.

Puis la jeunesse impériale ne se croyait pas le droit de porter moustache ; on ne prenait point parfois, comme aujourd'hui, un apprenti apothicaire pour un officier de cuirassiers ; la moustache était même un insigne qui n'était point accordé à toute l'armée ; les compagnies d'élite seules le portaient, dans l'infanterie. Aussi avions nous pour les longues moustaches mandarines des vieux hussards du 9ᵉ, un grand fond d'admiration respectueuse.

Fontenay, pendant ce temps là, avait en garnison le dixième régiment de la même arme , régiment fameux, mis souvent sur les bulletins de la grande armée, comme aux avant-postes de l'histoire , et illustré , surtout , par la gravure populaire d'alors , représentant la mort du prince Louis de Prusse, tué , dans la campagne de 1806 , par un maréchal des logis du 10e hussards. Vous pensez bien que pour un écolier de Rhétorique de cette époque , ce coup de sabre historique flamboyait toujours comme un rayon de gloire sur tout le régiment , et que dans chaque maréchal des logis que je voyais passer , leste et pimpant , sur la grande route ou sur la place de Fontenay , je m'efforçais de trouver le héros de la gravure.

Le 10e hussards formait ses escadrons de guerre ; il avait reçu un nombreux effectif ; de sorte que les casernes de Fontenay étant insuffisantes , on avait été obligé de cantonner un certain nombre de compagnies dans les villages voisins. Chaix avait reçu son contingent, et l'ami chez lequel j'étais venu passer quelques jours , logeait deux brigadiers et leurs chevaux.

Ce serait une grave erreur , pour ceux qui , de nos jours , n'ont pu connaître les soldats de la Grande Armée, de se les figurer comme des sacripants, toujours le schako sur l'oreille et prêts à pourfendre tout ce qui les regardait de travers. Quelques nouveaux venus dans cette grande famille militaire pouvaient bien se donner de ces airs crânes , dans l'espérance de les voir passer pour un reflet de la gloire de leur aînés ; mais les vieux débris des armées républicaines , ceux qui avaient fait tant de périlleuses et nobles campagnes , au chant de la marseillaise , ceux là avaient toute la bonhomie, toute la douceur et la simplicité qui sont l'apanage ordinaire de la force. Je ne puis , sans un sentiment plein de charme , me rappeler les deux excellents hommes , les deux vieux brigadiers de hussards, logés chez mon ami ; c'était bien le type parfait du soldat français. Les soirées étaient fraîches , nous nous rassemblions au coin du feu , dans a cuisine , et là nous faisions causer nos nouveaux hôtes des guerres qu'ils avaient faites, et des pays qu'ils avaient parcourus.

L'un d'eux, nommé Fesvrier, était grand et mince, portait une longue moustache tombante, d'un blond ardent qui se détachait plus vivement encore par suite du voisinage de favoris presque noirs. L'autre, qui s'appelait Roy, était trapu, vigoureux, et avait la moustache noire et cirée en barbe de chat, s'allongeant jusqu'en travers des oreilles. Tous deux la figure ouverte et pleine de franchise.

En face du village de Chaix, et de l'autre côté de la rivière, se dresse en amphithéâtre un autre village nommé Auzay, autour duquel s'étalent à profusion des pampres verdoyans, servant d'enseigne à un petit vin blanc qui, l'art aidant un peu à la nature, se donne des airs de champagne.

Auzay avait aussi reçu son détachement de hussards, et je présume que, dans le cabaret du lieu, le vin du crû partagea plus d'une fois avec l'empereur les honneurs de la séance. Parmi les hussards cantonnés à Auzay se trouvaient deux trompettes. Quand la nuit était venue et que le service était terminé, les trompettes, pour se distraire, se mettaient à sonner, et nous ne manquions pas d'aller au bout du jardin pour les mieux entendre.

Nous étions éloignés de plus d'un quart de lieue, mais nous ne perdions pas une note des fanfares. Il y avait là bas, sur le sommet du coteau, un homme qui sonnait admirablement de la trompette. Les musiques de cavalerie, n'étaient point encore, comme aujourd'hui, une masse d'ophicléides et de trombonnes, sur lesquels a peine à dominer la mélodie principale, chantée par les nouveaux instruments de Sax ; ce qu'on gagne en harmonie, on le perd en puissance de son. Les anciennes sonneries de la cavalerie impériale avaient pour âme la trompette ordinaire, soutenue par quelques basses, mais enflant son chant aigu et strident jusqu'à lui donner une ténuité de son admirable sous des lèvres habiles. Les deux trompettes d'Auzay sonnaient à la tierce les vieux airs que le régiment avait fait retentir aux oreilles des rois vaincus par nos escadrons ; la brise nous les apportait à travers le silence des nuits, empreints d'une douceur extraordinaire : c'était comme une voix mystérieuse qui descendait dans la vallée, puis qui, en s'éteignant, laissait à l'écho les dernières notes de son chant plaintif.

Un soir, nous rentrions à la maison en suivant un chemin creux bordé de vieux ormeaux; nous entendions de loin retentir sur le sol rocailleux le trot de deux chevaux venant de notre côté; nous aperçumes bientôt les brigadiers qui rentraient également de la promenade. A notre aspect, ils s'arrêtèrent et se mirent au pas pour causer avec nous ; la trompette se fit en cet instant entendre sur le coteau d'Auzay ; puis voilà que le cheval d'un des hussards se met à caracoler soudain et emporte au grand trot son cavalier qui perd son bonnet de police.

Halte ! halte ! s'écriait en éclatant de rire celui qui était resté ; cré *vieille Lise*, comme elle y va ! Dis donc Fesvrier, est-ce que ta vieille coureuse croit encore sentir les balles des Anglais ?...

Fesvrier retourna vivement en pressant de l'éperon sa monture, et ramassa en courant son bonnet, avec toute l'adresse d'un cavalier consommé.

La farceuse, dit-il à son tour en riant, elle ne peut entendre la trompette, sans se donner des airs de jeunesse ; c'est pourtant une troupière de Iéna !

Et qui en a vu de cruelles à Badajoz ! ajouta le brigadier Roy.

Une heure après, nous étions réunis autour d'une longue bûche noire qui fumait dans la vaste cheminée de la cuisine. Les deux brigadiers occupaient un des coins, assis sous la lampe accrochée au manteau de la cheminée, et nous, nous étions rangés en face, les pieds sur les chenets, regardant nos hôtes fumant gravement un brûle-gueule perdu dans leurs longues moustaches.

On causait des professions auxquelles se destinait la jeunesse d'alors. Il y avait là avec nous l'oncle de mon hôte, M. Flavien Lemercier, comme moi venu de la Rochelle à Fontenay. En voilà un, dit-il en me montrant, qu'on destine à l'école polytechnique.

Fesvrier ôta alors lentement sa pipe de ses lèvres, puis la tenant entre le pouce et l'index : ça fait de jolis officiers. — Et, après avoir lancé une fusée dans la cheminée, il remit tranquillement sa pipe.

C'est pas l'embarras, continua Roy, en parlant, la pipe aux dents, et lâchant alternativement une parole et une bouffée ; ils ne boudent point dans une tranchée ; mais faut convenir qu'en Espagne le métier est dur pour le génie!

Crrré coquin de sort! poursuivit l'autre brigadier, y en a-t-il eu de descendus, de ces pauvres petits ventres de velours, aux deux derniers sièges de Badajoz !

Ah ! ça, dîmes nous, à notre tour, il y en a donc eu pour tout le monde à Badajoz, puisque *la vieille Lise* elle même en a vu de si dures, à ce que vous disiez ce soir ? Est-ce que le dixième hussards était de la garnison, lors du siège ?

— Non, mais Fesvrier et moi nous étions alors dans le 21° chasseurs et en détachement à Badajoz, avec 24 dragons du 26° commandés par le lieutenant Lavigne. Nous avons passé brigadiers au dixième hussards, après la fonte de notre escadron réduit à zéro au mois d'avril. Nous étions cinquante hommes pour toute cavalerie à Badajoz

— Et nous avions affaire à plus de trente mille habits rouges, dit Roy, en ôtant sa pipe. Excusez ! (*Il crache et se remet paisiblement à fumer.*)

— Mille tonnerres ! continua Fesvrier, en s'animant, il me semble entendre encore l'infernal tintamarre qui ébranlait la place, quand le pauvre capitaine Farignas, poursuivi par une vingtaine de gredins, espagnols comme lui pourtant, se jeta à mon étrier et me demanda de lui sauver la vie. La pauvre *vieille Lise* en avait assez pourtant, mais j'empoignai le capitaine au collet et le fis enfourcher mon porte-manteau.

— N'est-ce pas cinq coups de baïonnette que tu as reçus alors à l'entré du pont de la Guadiana ? demanda négligemment le brigadier Roy.

— Je ne me rappelle pas bien au juste, répondit l'autre, avec une bonhomie charmante. Mais ce quil y a de sûr, c'est que c'est cette nuit là que ma pauvre Lise a voulu se faire mettre une boucle d'oreille.

— Tiens ! c'est vrai, ajoutai-je, votre jument a l'oreille percée ?

— C'est une balle anglaise que j'ai entendue siffler dans cette nuit de malheur.

Le vieux hussard ôta encore sa pipe de sa bouche, jeta au plafond un douloureux regard, et dit d'une voix émue : Brave espagnol !

Le brigadier Roy fit un mouvement de tête qui semblait dire aussi : oui ! brave !

Notre curiosité était vivement piquée par ces préliminaires. — Qu'est-il donc arrivé, dis-je alors, à ce capitaine ? servait-il dans le régiment ? — Non, c'était un capitaine d'artillerie espagnol, au service du roi Joseph; nous avions dans la place cinquante hommes de sa nation, commandés par sept ou huit officiers; les pauvres diables s'étaient bien battus pour nous, mais ils ont eu une bien triste fin. Le capitaine Farignas connaissait mieux son monde, lui, et tandis que les habits rouges avaient l'indignité de....

— Tu ferais mieux, dit Roy, de commencer ton histoire par le commencement : comment veux-tu que ces messieurs devinent ce qui était arrivé avant la prise de la place ?

— Mais alors il vaudrait autant raconter tout le siège de Badajoz, et ce serait trop long; cela ennuierait peut-être ces jeunes gens ?

Non pas, parbleu ! nous écriâmes nous ; nous vous écouterons avec grand plaisir.

— Allons, dit Roy, commence : je t'aiderai, si tu ne te souvenais pas bien de tout ; et puis si ces messieurs remarquaient quelque anicroche de grammaire, ils t'excuseront, en songeant que par ta taille tu étais plutôt fait pour les cuirassiers que pour les houzards.

— En ce cas-là, raconte, toi qui es un si beau parleur.

Tenez, messieurs, dit mon ami Léandre en me désignant ; voilà un gaillard qui a le front encore tout chaud de ses courounes de rhétorique, au collège de la Rochelle ; racontez-nous votre histoire sans façon ; et puis, lui, se chargera de l'écrire et de vous soigner dans de belles phrases. — Qu'en dis-tu ? — Je le veux bien, répondis-je.

— Allons, ça va, continua Fesvrier, je commence ; vous arrangerez tout cela.

CHAPITRE II.

—

Promenades du soir à. Badajoz ; — Contrastes ; — Guerre d'œillades ; — Projets galants ; — Un émissaire ; — Grande joie au
café ; — Dénombrement de la garnison défendant la place.

Un soir de mars 1812, la foule se promenait sur la
place de Las Palmas, à Badajoz ; il y avait là un mélange
de costumes plein d'élégance et de contrastes. La gravité
espagnole se croisait avec la pétulance française, repré-
sentée par le corps brillant des officiers de toutes armes
composant la garnison de la place. Les français étaient
là, gais, insoucieux, beaux de jeunesse et d'uniformes,
et plus encore de cette auréole de gloire qui partout
alors les environnait d'une respectueuse admiration. Au
sein d'une population ennemie, ils avaient gardé toute
la légèreté du caractère natal ; ils échangeaient des
œillades avec la partie féminine du public ; ils se croyaient encore dans la grande allée des Tuileries. C'était
avec bonheur qu'ils pensaient parfois avoir surpris un
coup d'œil à leur adresse, parmi tant d'yeux noirs pé-
tillant de coquetterie sous la mantille d'Estramadure, et
ils ne remarquaient qu'avec dédain les éclairs qui, bien
plus souvent, jaillissaient, pleins de haine et de menaces,
des regards à eux adressés par les espagnols, deux fois
blessés au cœur, et par la jalousie et par l'orgueil na-
tional humilié.

Au milieu d'un groupe d'officiers se promenant bras
dessus, bras dessous, et dont les blondes chevelures
annonçaient des enfants de la Lorraine ou de la Nor-
mandie, se détachait la moustache d'ébène d'un jeune

capitaine d'artillerie, au nez aquilin, aux yeux ardents et expressifs, au teint olivâtre et aux dents d'une admirable blancheur. La face martiale du castillan était d'autant plus remarquable, qu'il donnait le bras à un jeune sous-lieutenant de chasseurs français presque imberbe et d'un teint de demoiselle.

Les promeneurs, rangés sur deux côtés, allaient en sens inverse ; il venait un moment où la foule resserrée par quelques arbres avait la peine de s'effacer pour se laisser réciproquement continuer sa marche. Il arrivait, par hasard sans doute, que nos deux officiers parvenaient à l'endroit en question, toujours en même temps que certain long, pâle et maîgre Hidalgo, donnant le bras à uné toute mignonne petite créature, cambrée de taille et de pose, délicieuse de grâce et de sourire, laquelle donnait, de son côté, le bras à une autre elle-même, à une jeune fille de quatorze ou quinze ans, aussi jolie que sa mère et qu'on eût prise plutôt pour sa sœur.

A chaque fois que les promeneurs se croisaient, vous eussiez vu le capitaine espagnol se ranger respectueusement ainsi que le sous-lieutenant français ; puis une petite révérence et deux grands yeux noirs levés sur lui le payaient de sa galanterie, tandis que la jeune fille baissant le regard, passait devant le sous-lieutenant, presque aussi troublé que la jolie petite promeneuse. Un seul personnage de ce groupe faisait ombre au gracieux tableau ; le senor Dominguez fronçait ses épais et noirs sourcils, quand la joie épanouissait les regards des autres ; mais jaloux, fanatique partisan de Ferdinand VII, il avait deux raisons de haïr le capitaine Farignas, beau et galant cavalier et ami des français et du roi Joseph, dont il servait la cause.

— Capitaine, disait le jeune officier, il faut absolument que vous me présentiez chez votre grand flandrin de compatriote ; madame Dominguez n'a peut-être pas la même haine pour les français que son illustre époux, car il me semble qu'elle a pour vous, affrancés-ado achevé, des regards....

— Allons, dit Farignas, vous voulez que je vous fasse compliment sur vos progrès auprès de la petite ; le fait est que depuis quinze jours que nous manœuvrons sur cette promenade, cela ne vas pas mal ; mais, pour vous introduire chez Bartholo, et vous faire voir votre Rosine, je n'ai pas les ressources de Figaro...

— Si encore j'avais eu l'esprit, à l'école de cavalerie de Saint-Germain, de cultiver la guitare au lieu du flageolet ! vous pourriez parler de moi comme d'un amateur distingué, et je pourrais, comme à Paris, roucouler à ces dames, *Fleuve du Tage* ; ce serait de circonstance.

— Mon cher, dit le capitaine, en se penchant à l'oreille du sous-lieutenant, si vous voulez me promettre de la discrétion, je vous confierai un secret ; mais sur l'honneur vous me jurerez....

A ce moment, tous les regards se tournaient vers la porte de Las Palmas, à laquelle aboutit le pont de la Guadiania ; la foule suivait un homme couvert de sueur et paraissant achever une course longue et rapide. En arrivant sur la place, le nouveau venu, vêtu à l'espagnole et portant la veste et la culotte de velours de l'andalou, se mit à chercher des yeux parmi tous les promeneurs ; puis, apercevant l'aide-de-camp Duhamel, il marche droit à lui et lui dit en français et sans le moindre accent étranger : mon lieutenant, le général Philippon est-il à l'état-major ? j'ai à lui parler à l'instant même.

— Tiens, c'est vous, Barry ! il y a du nouveau donc en Portugal !

— Je le crois parbleu bien ! j'arrive d'Elvas, où Wellington nous en prépare de belles... mais où est le gouverneur ?

— Venez, mon brave, je vais vous conduire.

Et l'officier quitta la place avec son interlocuteur.

La nuit venue, il y avait chambrée complète au café

des Asturies, fréquenté par la garnison française ; les
officiers pullulaient autour de chaque table , un bour-
donnement continu régnait dans les salles ; c'était une
ruche en travail , s'agitant au sein d'une nuée de ta-
bac à travers laquelle brillaient comme des paillettes ,
les reflets des épaulettes et des franges d'or. Des bruits
de batailles prochaines venaient de se répandre à
Badajoz ; toute cette ardente jeunesse, élevée dans une
atmosphère belliqueuse, aspirait à pleins poumons toutes
les bouffées de gloire future qui lui arrivaient du Portugal. Les espions revenus d'Elvas , dépôt central de l'armée Anglo-Portugaise , annonçaient que d'immenses
préparatifs s'y faisaient pour une armée de siège ; Badajoz
allait être attaquée par trente mille hommes , et déjà les
habitués du café des Asturies, croyant entendre gronder
le canon , se partageaient les honneurs de la défaite des
Anglais et· de l'héroïque résistance qui ne manquerait
point d'illustrer encore les régiments combattant à Badajoz. C'était plaisir de voir pétiller d'audace et de fierté
nationale tant de regards et de gais propos.

— Il paraît , messieurs , que les Espagnols veulent
prendre leur revanche par procuration , et qu'ils ont
prié une seconde fois l'armée anglaise de leur restituer
Badajoz, que nous avons eu l'impertinence de leur enlever.

. — Eh ! bien , répondait un jeune lieutenant , c'est le
cas de dire comme Basile : ce qui est bon à prendre est
bon... à garder. Qu'en dites-vous , capitaine ?

Le lieutenant s'adressait ainsi à un vieil officier , à la
tête chauve , qui , calme et taciturne , faisait dans un
coin sa partie de domino.

— Je dis qu'il en est de la guerre comme du domino ;
celui qui a la pose a un grand avantage ; et dans cette
circonstance , ce n'est pas nous qui l'avons.

Et le capitaine continuait tranquillement sa partie.

— Vieux grognard ! heureusement que vous ne bou-
dez pas en face du canon , comme en ce moment devant

le double cinq ! c'est apparemment ce qui vous met de mauvaise humeur.

— Vous ne doutez de rien , vous , jeunes gens ; vous croyez que dans la défense d'une place il suffit d'être approvisionné de courage : parbleu ! s'il ne fallait que cela , nos magasins seraient pleins.

— Ah ! dame , écoutez donc ; nous ne serons pas traités à Badajoz comme à la pension de la mère Grandjean , à Nancy !...

— Il s'agit , ma foi bien de la mère Grandjean ; Je me fiche bien de sa pension ! Mais nous n'aurons peut-être pas de poudre pour huit jours , si le maréchal Soult ne peut pas nous en envoyer un convoi.

Ici les deux joueurs abattent leur jeu ; le capitaine marque vingt-deux de points , il a gagné sa demi tasse , et se lève tout joyeux.

C'est égal , continue-t-il , en frappant sur l'épaule du lieutenant, nous tiendrons ferme , allez ! Tiens , voilà le commandant Truilhier; il va nous dire cela au plus juste, lui qui , avec ses calculs algébriques , sait combien de jours , d'heures et de minutes , peut résister une place assiégée dans les règles ; voyons , commandant, je vous promets , pour ma part , que le 9e léger secondera crânement vos sapeurs du génie.

— Et moi , que le 1er bataillon du 58e en vaudra deux ! dit un gros garçon frais et bien nourri.

— Oh ! pour toi , si tu continues , tu pourras bien l'an prochain , faire encore mieux que ton bataillon , et en valoir quatre !

— Sans plaisanterie , messieurs , dit le commandant du génie , la situation est grave ; le colonel Lamare , le colonel d'artillerie Picoteau et moi , après un mûr examen des ressources , nous estimons que la place pourra tout au plus tenir vingt ou vingt un jours de tranchée ouverte. Messieurs de l'infanterie , ce sera alors votre affaire de repousser les assauts. Il paraît même que l'en-

nemi veut tenter l'escalade ; les espions rapportent avoir
vu à Elvas une foule de charriots chargés d'échelles.

— Oh ! oh ! sa grâce Wellington veut épargner la
poudre ; nous lui saurons gré de cette attention , et il
peut compter que les premiers montés seront les premiers descendus. *Tolluntur in altum , ut... &ª.*

— En attendant , dès demain , la garnison tout entière doit prêter la main au génie et mettre , à grand'
hâte , en état de défense le fort Saint Christoval, la couronne de Pardaleras et la lunette Picurina ; c'est certai-
nement contre ces ouvrages que les anglais dirigeront
leurs premiers efforts. Le développement de la place
exigerait au moins sept ou huit mille hommes ; combien
êtes-vous d'infanterie , à peu près ?

— Attendez donc , dis donc , toi , voltigeur , combien
êtes-vous du 28ᵉ ?

— Parbleu, vous le savez bien ! comme chez vous des
88ᵉ et 103ᵉ; un bataillon. Il n'y a que le 64ᵉ qui seulement
a deux compagnies. Ainsi , commandant , comme vous
le voyez , nous sommes loin de compte.

— Mais tu ne comptes pas Hesse Darmstadt ?

— Tiens , c'est vrai; nous oubliions ces merles blancs,
qu'on a mis en cage au château ; ils sont à peu près 900
là haut qui gardent notre dernière retraite. Voilà pour
la partie de l'infanterie.

Quant à l'article de la cavalerie, dit en riant le lieutenant Lavigne, nous sommes ici deux généraux , commandant , moi une division de 24 dragons , du 26ᵉ , et
Raulet, une autre de 26 chasseurs du 21ᵉ ; total 50 ,
tant que ça peut s'étendre !

Ma foi, messieurs, dit à son tour le capitaine d'André-
Saint-Victor , nous ne sommes guère plus riches en
nombre que vous ; nous sommes deux compagnies d'artillerie , avec un détachement d'ouvriers ; la 1ʳᵉ du 5ᵉ et
la 1ᵉʳ du 12ᵉ , en tout 233 hommes.

— Oui , mais capitaine , le 5ᵉ d'artillerie est l'ancien régiment de l'Empereur!

En ce qui concerne le génie, dit le capitaine Lefaivre, tout ce que nous pouvons offrir de mieux aux anglais , c'est la 1ʳᵉ compagnie du 2ᵉ bataillon de mineurs , et une compagnie et demie du 2ᵉ de sapeurs, 265 hommes; plus 130 à peu près du train et des équipages. Retranchez de tout cela le bataillon des *Riz-pain-sel*, des *fricoteurs* , des *brosseurs* et des malades , nous serons environ 4,000 combattants.

— Un instant , messieurs , vous oubliez nos alliés , les cinquante espagnols Joséphinos qui nous ont suivis dans la place.

— Tiens , c'est vrai ; mais à propos , où est donc le capitaine Farignas ?

— Ah ! bah ! où il est ! il est apparemment à pincer de la guitare sous les fenêtres de quelque belle. C'est que c'est un castillan de la vieille roche , celui-là , aussi galant que brave !

Il a entrepris de former le petit chasseur à cheval ; et chaque soir , sur la promenade , il exerce son élève au métier de tirailleur , dans une guerre d'œillades avec quatre fameux yeux noirs , par ma foi !

Allons , allons , messieurs , respect au beau sexe , pas de cancans , s'il vous plaît !

CHAPITRE III.

—

Un rendez-vous ; — Soupçons tardifs ; — Apparition sur le rempart ; — Secret découvert ; — Premiers symptômes d'investissement ; — Désolation publique ; — Reconnaissance de l'ennemi ;
— Formidables démonstrations de l'armée de Siège ; — Ener-
giques préparatifs de défense ; — Coup-d'œil sur Badajoz.

Pendant ce temps là , deux hommes enveloppés dans
leur manteau montaient en silence une des petites rues
tortueuses qui mènent au château de Badajoz. La nuit
était sombre , la rue n'était point éclairée , ce n'était
donc presque qu'à l'aveugle que s'avançaient les deux
compagnons , cherchant à se reconnaître dans l'ombre.

— Que le diable emporte le métier de confident ! dit
l'un d'eux ; où est donc le Toboso qui doit renfermer
votre Dulcinèe ? vous me faites jouer là un joli rôle.

— Pardon , mon cher ; mais je dois vous avoner que ,
craignant quelque guet-apens: je ne vous ai prié de m'ac-
compagner qu'afin de vous mettre de moitié dans les
dangers du rendez-vous ; vous voyez que ma confiance
en vous ennoblit la mission.

— Merci , capitaine ; j'aime mieux en effet vous servir
de second que de complaisant.

Farignas serra vivement la main du jeune français.

— Il faut que je sois fou , ma parole , pour aller ainsi
me hasarder sur la foi d'un billet dont j'ignore même
l'écriture ; mais demain le service va nous prendre tous
nos moments , un boulet anglais m'attend sans doute
dans quelques jours ; la belle Juanita vaut bien que pour
elle je coure le risque de le faire précéder peut-être d'un

coup de poignard conjugal de la façon du sénor Dominguez. — Vous avez votre sabre ?

— Oui, parbleu.

La rue allait s'élargissant, on approchait du rempart;
bientôt à l'atmosphère froide et humide de l'étroite
ruelle succéda la tiède température des champs ; des
senteurs balsamiques arrivaient aux deux amis, des
jardins d'alentour où le jasmin et l'oranger entr'ou-
vraient leurs fleurs à la brise des nuits ; ils étaient sur
le rempart.

Tout respirait les molles langueurs du ciel de l'Espagne
méridionale ; le silence des nuits n'était interrompu
que par les syllabes traînantes du cri des sentinelles,
s'invitant l'une l'autre à la vigilance, et se répondant de
loin en loin, jusqu'à ce que la voix s'éteignît, faible et
dernier murmure.

Après quelques pas le long d'un mur de jardin, Farignas s'arrêta près d'une petite porte. — Je crois que
c'est là, dit-il. Le diable m'emporte, le cœur me bat
comme si j'allais commettre un crime. Frapperai-je?

— Oui, mais, croyez-moi, n'entrez pas sans avoir vu
votre monde, puis je suis là, moi.

Le capitaine frappa doucement à la porte, et se tint
sur le côté. Un instant après, il entendit dans le jardin,
le pas de plusieurs personnes s'approchant de la porte ;
puis une voix de femme demanda qui était là. Farignas
prononça les mots convenus et se retira encore à l'é-
cart. Une femme entrouvrit alors et se mit à regarder à
droite et à gauche. En ce moment le ciel se dégageant
des nuages qui l'obscurcissaient reprit sa transparence
ordinaire ; puis Farignas vit se dresser à l'angle du mur
qui de la rue conduisait au rempart, l'ombre de deux
hommes enveloppés comme lui dans leur manteau, et
paraissant observer ce qui allait se passer devant la
porte.

Le sous-lieutenant porta la main à son sabre et se

rapprocha de l'Espagnol. Croyez-moi, dit-il, capitaine, voilà là-bas une ombre chinoise qui m'a terriblement l'air d'appartenir au régiment des maris ; il y a là-dessous du Dominguez et du poignard ; faisons demi tour ; après le siège nous tirerons tout cela au clair.

Farignas hésitait ; il cherchait à distinguer si dans les deux hommes qui se dessinaient dans l'ombre devant lui, il n'y avait pas plutôt une rencontre fortuite qu'une coïncidence calculée. Il crut, cependant, reconnaître dans la haute taille et dans la tournure d'un des personnages un sujet de crainte réelle, et s'adressant à son compagnon : je crois que vous avez raison, remettons la partie après le siège, si nous y sommes.

Ne voulant pas reprendre le même chemin, ils se dirigeaient le long des jardins qui bordent le rempart, quand le pas cadencé de plusieurs hommes se fit entendre, marchant à leur rencontre.

— Sacrebleu ! fit le français, c'est une patrouille ! elle va nous ramasser, et demain, nous sommes à l'ordre du jour au quartier général des cancanniers, au café des Asturies. Je rebrousse chemin, tant pis !

Et le voilà qui à grands pas retourne au point de départ, tandis que le capitaine, qui le suit, lui crie de l'attendre. Parvenus devant la porte du jardin, ils entendent parler à l'intérieur, et la vivacité de l'entretien indique même qu'on y est pas d'accord.

La curiosité prend les deux amis, et ils se mettent à prêter l'oreille.

— Il baragouinent de l'espagnol, dit le sous-lieutenant, que diable ont-ils à se disputer ?

Farignas écoutait attentivement. La ronde s'approchait, le jeune homme le tira donc par son manteau et employa presque de la violence pour l'entraîner. Enfin il y parvint, et ils redescendirent la rue par laquelle ils étaient venus.

— Peste ! il paraît que c'était intéressant , dit-il en riant.

— Oui , dit gravement l'espagnol ; pour moi et pour vous.

— Ah ! c'est un peu fort , par exemple ! comment pour moi !

— Oui , comme Français. Ces messieurs nous confondent dans le même amour et ont de belles espérances, allez ! Mais rentrons, vous saurez tout plus tard.

Le seize mars , une vedette placée sur la tour du château regardait , de ce poste élevé , descendre lentement à sa gauche les eaux de la Guadiana et les suivait des yeux jusqu'à l'horizon. La route d'Elvas qui se déroulait presque parallèlement au fleuve se distinguait aux tourbillons poudreux qui de temps à autre s'élevaient au loin : vers neuf heures du matin , il sembla au guet apercevoir une masse noire soulevant des flots de poussière ; quelques éclair dardés par les baïonnettes brillèrent bientôt , il n'y avait plus à en douter , les espions avaient , la veille , dit vrai , l'armée anglaise venait de quitter Elvas , elle marchait sur Badajoz. A l'instant , la vedette a donné le signal , et le cri jeté de la citadelle a bientôt retenti dans toute la place.

Que de sentiments divers éveillés dans les cœurs , dans un moment aussi solennel ! Ici les Français accueillant avec joie l'annonce de nouveaux dangers , payés d'une nouvelle gloire militaire ; là , la malheureuse population espagnole voyant avec effroi et désespoir gronder pour la troisième fois sur sa ville natale , un orage chargé de toutes les horreurs d'un siège que doit rendre terrible la valeur des défenseurs de la place. Aussi , par un frappant contraste , le général Veiland montait à cheval , et à la tête de 170 hommes d'infanterie et de 25 chasseurs , tous pleins d'enthhousiasme et de gaîté , passait la porte de Las Palmas et courait reconnaître l'ennemi ; tandis qu'à la porte de la Trinitad se présentaient déjà des habitants de toutes les conditions, les yeux en pleurs, la mort dans l'âme ; femmes, vieillards, enfants, chargés de leurs effets les plus précieux, et fuyant, désolés, leurs hubitations qu'allait investir l'armée Anglo-Portugaise.

Il fallait, pour opérer avec sécurité, couper toute communication de Badajoz avec l'armée du midi ; le général Wellington avait donc passé la Guadiana et marchait sur les deux rives à la fois. Vers midi, trois mille hommes campaient à la Caya, à deux lieues de Badajoz, sur la rive droite, côté le moins accessible au Maréchal Soult, et sur la rive gauche, quinze mille hommes d'infanterie, avec de l'artillerie de campagne, traversaient la route d'Olivença, la petite rivière la Rivillas, et allaient résolument à une grande portée de canon de la place, prendre position sur la route d'Albuhera. A deux heures, le général Veiland rentra avec sa colonne, il avait reconnu l'ennemi ; l'investissement était tracé et allait être complet, sans doute, dès le lendemain. Effectivement, dès la pointe du jour du 17 mars, l'artillerie de siège, qui avait passé, dans la nuit, la Guadiana, sur un pont de bateau, défilait en vue de la place et allait se masser sous la protection de la 1re division d'attaque. En même temps, on voyait par-ci par-là voltiger quelques petits groupes; c'étaient des officiers du génie anglais qui déjà tâtaient le terrain et faisaient des reconnaissances.

Il était clair que le siège allait être poussé avec la plus grande vigueur ; il fallait donc que la défense répondît à l'attaque, et certes le gouverneur Philippon et le commandant en second, le général Veiland, ne pouvaient désirer une garnison plus digne de ces deux intrépides défenseurs de Badajoz. La place, il est vrai, avait pour trente jours de vivres ; mais il était probable qu'avant l'expiratiou de ce délai elle aurait fait lever le siège ou aurait succombé sous les efforts de l'armée entière de

Wellington , qui avait à venger son orgueil humilié par l'insuccès du siège de 1811 , et qui se vantait hautement d'enlever cette fois Badajoz, avant qu'elle pût être secourue par l'armée du midi. La garnison française allait donc avoir à faire face à une artillerie formidable , et c'était surtout de poudre et de projectiles creux qu'elle avait besoin d'être puissamment pourvue ; mais , malheureusement , ce fut en vain que le comte d'Erlon expédia , dans ce but , deux convois sur Badajoz ; le général anglais Hill les força de rétrograder sur Séville , d'où ils étaient partis. La place demeura donc fort mal approvisionnée en munitions de guerre.

Il fallait dès lors multiplier les obstacles et retarder le plus possible les approches des assiégeants. Mais le temps manquait à l'œuvre ; le courage et le dévouement devaient-suppléer à tout, et c'était en plein jour et sous le feu de l'ennemi , que la brave garnison de Badajoz allait faire les travaux de défense extérieure.

La capitale de l'Estramadure avait-alors , avant la guerre , seize mille habitants ; ses fortifications comprenaient neuf bastions à partir de la porte de Las Palmas donnant sur la Guadiana, et en décrivant un demi cercle jusqu'au château , adossé lui-même au fleuve et bâti dans le coude formé par la Rivillas qui là se jette obliquement dans la Guadiana. Quatre bastions compris entre le château et la porte de la Trinitad ayant été seuls les points d'attaque , nous les désignerons sous les n°s 6, 7, 8 et 9.

CHAPITRE IV.

—

Les forts San Christoval et Pardaleras ; — La lunette Picurina ; — État du château ; — Plan de défense , distribution des postes ; — Les lieutenants Michel et Leclerc de Ruffey ; — Le détachement espagnol ; — Message mystérieux.

Lorsque dans le mois de février avaient commencé à circuler les bruits d'attaque prochaine de Badajoz, le duc de Dalmatie avait prescrit de rétablir tous les ouvrages extérieurs ruinés par le siège de 1811. Le plus important , sur la rive droite, était le fort San Christoval. Les deux brêches faites à ce fort avaient été réparées ; les fossés creusés dans le roc , au moyen de pétards, avaient été rendus plus profonds, les contrescarpes relevées en maçonnerie, les glacis exhaussés. San-Christoval était donc dans un état de défense respectable , ainsi que la lunette Verlé qui le dominait, quand la place fut investie le 17 mars ; d'ailleurs c'était sur la rive droite que l'ennemi concentrait, du coup, toutes ses forces ; le plus urgent était de compléter l'état de défense de la couronne de Pardaleras et surtout de la lunette Picurina , commandant les bastions 6 et 7 et la porte de la Trinidad. Ces deux ouvrages , d'une haute importance, devaient , sans nul doute , devenir le but des premiers efforts de l'armée de siège.

Au milieu d'une population hostile, on ne pouvait se fier à d'autres travailleurs qu'aux soldats de la garnison ; l'infanterie prêta la main au génie et à l'artillerie avec un zèle et une intelligence dignes des plus grands éloges , pour mettre la place sur le pied le plus respectable ; ces braves gens couraient , sans hésiter , partout où leur bras était nécessaire ; exhaussant les glacis , perçant de nouvelles embrasures , transportant les munitions et les armes , sans s'inquiéter des coups de mitraille qui leur arrivaient souvent des lignes anglaises.

Le château, fortifié par la nature , avait, pour ainsi dire , été rendu inexpugnable du côté de la Rivillas ; les mineurs avaient taillé à pic le rocher, haut de vingt mètres, sur lequel s'élevait le mur d'enceinte, haut lui-même de six à quatorze mètres. Du côté du bastion n° 9, les brèches avaient été relevées, les nombreuses embrasures avaient reçu un puissant armement ; c'était donc au château que les poudres et les principaux magasins avaient été conservés, et c'était lui que la défense se réservait, comme dernière retraite , après avoir épuisé , sur les ruines des bastions, tout ce qu'on pouvait attendre de l'énergie de la garnison et de la haine nationale contre l'Angleterre. Pour être inviolable, il ne manquait donc rien à cet asile, rien hélas ! qu'une garnison française !

Les travaux avaient pris dans la journée un nouveau développement et une nouvelle vigueur, l'inondation de la Rivillas avait été tendue à sa plus grande hauteur possible ; c'était une précaution indiquée par les règles de l'art contre les opérations régulières de l'ennemi. Mais il fallait d'avance se concerter, se tenir prêt à toute tentative imprévue, et dans le drame sanglant qui se préparait, se distribuer les rôles et la part de dangers de chacun.

Il y avait le soir nombreuse réunion d'officiers supérieurs chez le général Philippon où l'on devait arrêter le plan de défense. L'artillerie était évidemment insuffisante pour répondre à celle que les assiégeants allaient mettre en batterie ; deux compagnies détachées du 64e de ligne lui furent adjointes comme auxiliaires, ainsi que cinquante sapeurs ; il fut de plus convenu qu'en cas d'alerte, les troupes du génie disponibles se rendraient à l'instant à chaque batterie et seconderaient les canonniers. Chaque bastion reçut, dans l'ordre suivant, son contingent. Le bataillon du 9ᵉ léger devait défendre les bastions 1 et 2 ; le bataillon du 28ᵉ léger les bastions 3 et 4 ; celui du 58ᵉ de ligne le bastion 5 ; celui du 103ᵉ les bastions 6 et 7. Le régiment étranger de Hesse D'Armstad eut les bastions 8 et 9, indépendamment de la garde du château. Le 88ᵉ et les 50 hommes de cavalerie devaient rester en réserve sur la place San Juan.

Commandant, dit le gouverneur au chef de bataillon espagnol Niéto, vous serez, avec votre détachement, à la porte de Las Palmas ; je compte sur votre dévouement à l'Empereur, et sur le courage des Espagnols.

Le commandant s'inclinait avec respect.

Mon général, dit alors un capitaine dont l'œil noir pétillait de fierté, pardon, mais il me semble qu'à la porte de Las Palmas nous n'aurons guère l'occasion de faire preuve de ce courage sur lequel vous pouvez compter ; si vous vouliez me placer aux bastions voisins du château, je crois que par là je pourrais être plus utile.

Ne craignez rien, capitaine, dit en souriant le gouverneur, il y en aura pour tout le monde ; cependant, vous avez raison ; comme nous avons grand besoin de canonniers, si les vôtres ne sont pas occupés à la porte Las Palmas, vous pourrez venir vers celle de la Trinidad quand cela chauffera, vous serez bien reçu.

Farignas s'inclina à son tour.

Maintenant, continua le général Philippon en s'adressant à son collègue Veiland, je vous charge, vous, de nous organiser une compagnie qui nous épargne la poudre et remplace les gargousses par des cartouches, en se portant sur les têtes de sape et en faisant un feu continuel sur les travailleurs anglais. Pour cela, vous choisirez les meilleurs tireurs dans tous les bataillons, des gaillards solides au poste ; puis, il nous faudra deux jeunes officiers de cœur et d'intelligence, alertes, bons tireurs, pour guider cette compagnie. Le général, en parlant ainsi, interrogeait du regard l'assemblée.

J'ai votre affaire, mon général, dit le commandant Billon du 9e de ligne; le lieutenant Michel, de chez nous.

Et le lieutenant Leclerc de Ruffey, de chez nous, ajouta le commandant du 58e.

— Allons, messieurs, c'est alors convenu. Il nous reste à distribuer les commandements des ouvrages extérieurs. Colonel Pineau, je vous confie le fort Pardaléras; à vous, colonel Gaspard Thierry, la lunette Picurina, et à vous, le château, colonel Koller. Quant à San Christoval, j'en donne le commandement au capitaine Vilain, des grenadiers du 103e; le poste est important et devra peut-être nous servir de retraite en cas de dernière extrémité; le capitaine ne l'oubliera point, je l'espère.

— Je puis, continua le commandant Lurat, vous répondre pour Vilain que ce n'est pas vivant que les anglais l'y prendraient, s'ils voulaient nous fermer ensuite la gorge du fort !

Au sortir du conseil, les divers détachements, désignés par le gouverneur se rendirent immédiatement à leurs postes respectifs ! Contre l'avis du colonel du génie Lamare, la garnison de la lunette Picurina avait été fixée à deux cents hommes tirés des différents bataillons de la garnison ; faute capitale ! C'est dans un poste périlleux que la confiance des soldats les uns dans les autres devient un surcroît de force morale ; des hommes appartenant au même bataillon, à la même compagnie, auront toujours une cohésion, un esprit de famille qui doublera leur énergie dans la défense d'un poste attaqué.

Un petit détachement espagnol devait faire partie de la garnison de la lunette Picurina. Comme Farignas arrivait à la caserne, les hommes déjà prévenus étaient rangés devant la porte; un seul, hors des rangs, se aisait attendre et était appelé par ses camarades : il faisait noir ; le capitaine, en jetant les yeux dans la cour, vit enfin ce soldat venir prendre son rang ; mais il lui sembla qu'en même temps que lui, sortait de la caserne un homme dont la taille et la tournure lui rappelaient la rencontre de la nuit dernière, à l'entrée du rempart. Le détachement se mit en marche vers la porte de la Trinidad ; Farignas ne le commandait point, mais il le suivit. Comme il arrivait à la place San Juan, il crut remarquer que depuis quelques minutes une femme accompagnait le détachement et avait constamment les yeux tournés de son côté. Enfin, comme on allait s'engager dans une petite rue conduisant directement au rempart, cette femme s'approcha rapidement de lui, puis retourna sur ses pas en lui glissant un billet dans la main.

Le capitaine, étourdi de cette nouvelle aventure, s'arrêta soudain, et secouant tristement la tête, il se disait en lui-même que le moment était bien mal choisi par les amours, quand la guerre allait seule régner dans Badajoz. Cependant, impatient de connaître le mot de cette autre énigme, il se rend à grands pas à son logement, s'approche d'une lumière et lit ces mots tracés à la hâte et en espagnol.

« Si vous devez faire partie de la garnison de Picurina,
» au nom du ciel, n'y allez pas ; faites tout pour avoir
» un autre poste. Que Dieu vous garde ! »

Farignas, du coup, croit reconnaître d'où lui vient cet avis ; on craint pour ses jours, on l'aime donc ! Le cœur plein de joie, il fait ses préparatifs, et se rend à la porte de Las Palmas, poste qui lui a été assigné.

CHAPITRE V.

Premiers feux de la place ; — Première attaque de la lunette Picurina ; — Le capitaine d'artillerie Marsillac ; — Première sortie, charge de dragons du lieutenant Lavigne ; — Mort du commandant Pérez ; — Stratagème du génie dans les travaux de défense.

Pendant ce temps là l'ennemi choisissait son premier point d'attaque ; à la faveur d'un rideau, il ouvrait une parallèle vers la hauteur de San Miguel ; l'officier qui commandait le poste avancé en avant du chemin couvert, s'était, sans en prévenir le corps de place, replié devant des forces supérieures, et avait ainsi, par sa faute, fait gagner aux anglais une nuit de travail. Dans la matinée du 18, l'artillerie s'aperçut des progrès de cette nuit et commença contre les assiégeants un feu qui dura toute la journée sans interrompre leurs travaux d'approche. Ils poussèrent leur parallèle avec une ardeur et une bravoure qui indiquèrent, dès le principe, la nature du choc qu'aurait à soutenir la garnison française. En vain ils laissaient sur la place une foule de leurs meilleurs soldats, les anglais marchaient toujours et commencèrent deux batteries sur la hauteur San Miguel, dont l'une fut armée de trois pièces de 24, et l'autre de trois pièces de 18 et de trois forts mortiers. Ces batteries placées à 300 mètres de la lunette Piccurina ne pouvaient laisser de doutes sur les intentions de l'ennemi ; elles avaient pour but de ruiner la lunette, d'enfiler les communications avec la place et de s'y poster contre les bastions

6 et 7. Ce point allait donc être le théâtre d'une lutte acharnée d'où pouvait dépendre le sort de Badajoz.

A l'instant, le génie abandonna les travaux de défense de la rive droite, et porta toute son attention sur la lunette Picurina. Le pic résonnait des deux côtés ; les anglais poussaient vigoureusement leur parallèle jusqu'à 200 mètres du saillant de la petite lunette San Roc, de manière à pouvoir de là entamer le saillant de Picurina ; les français creusaient les fossés de cette lunette pour augmenter la hauteur de l'escarpe, fermaient la gorge par un second rang de palissades et un fossé en avant. Déterminé à repousser l'assaut, le capitaine d'artillerie Marcillac faisait ranger sur les parapets des bombes chargées et des barils foudroyants destinés à être lancés à la main sur les assaillants, à leurs descente dans le fossé ; enfin, deux cents fusils chargés étaient rangés contre les crêtes intérieures, attendant le moment de servir de rechange aux fantassins dont ils tripleraient le feu au plus fort de l'assaut.

Il est midi ; un mouvement extraordinaire règne dans Badajoz ; l'ennemi éprouve de grandes pertes, mais il fait des progrès alarmants ; on a jugé nécessaire de les arrêter et de lui faire essuyer de nouvelles pertes. Sur la place San Juan deux bataillons de 5C0 hommes chacun, sous les ordres des commandants Barbot et Pérez sont rangés en bataille; le capitaine de mineurs Lenoir prend, avec cent hommes du génie, la tête de la colonne ; une pièce d'artillerie est attelée entre les deux bataillons, et le lieutenant Lavigne promène des regards assurés sur un détachement de 40 dragons et chasseurs, alignés en silence et attendant le signal de la sortie projetée. Autonr de la place et dans les environs, la population espagnole jette des yeux inquiets sur ces préparatifs ; presque tous ennemis implacables de la domination française, ils voudraient pouvoir en avertir les assiégeants, mais en sont réduits à faire contre nous des vœux homicides et de favorables aux soutiens de la cause de Ferdinand.

Bientôt le général Veiland paraît ; il prend le commandement de l'expédition , et les bataillons sortant par la porte de la Trinidad marchent en colonnes , entre les deux lunettes , se forment en ligne , et se portent au pas de course sur la parallèle où ils font un changement de direction à droite pour l'enfiler ainsi que les terrains en arrière. L'ennemi, surpris de cette attaque de jour, se rejette sur la hauteur San Miguel , afin de donner le temps à la division d'accourir au secours des travailleurs; mais l'intrépide lieutenant Lavigne lance, au cri de *vive l'empereur*, ses dragons au galop, tourne la parallèle, et charge les Anglais jusque dans leurs bivouacs. Le commandant de Picurina, profitant du moment , fait sortir cent hommes qui attaquent l'ennemi sur sa gauche; pendant ce temps là les sapeurs tombent sur la parallèle , la bouleversent , la détruisent et y enlèvent 545 outils. Les deux bataillons soutenaient vivement la fusillade depuis près d'une heure ; l'armée anglaise accourait en masse ; on avait obtenu un résultat au-dessus de ce qu'on pouvait espérer d'une poignée de combattants ; le général Veiland donne donc le signal de la retraite qui s'opère en bon ordre ; et l'expédition rentre à Badajoz , après avoir fait perdre à l'ennemi plus de 300 hommes , mais rapportant elle-même , mortellement atteint , le commandant Perez, du 28e, officier plein d'avenir, et après avoir payé cette sortie de la vie de vingt braves et du sang de 147 blessés.

Les assiégeants redoublèrent d'activité pendant la nuit et parvinrent à réparer à peu près les dommages de la sortie ; ils prolongèrent même leur parallèle jusqu'à 500 mètres du château , et pendant toute la journée du 20 restèrent exposés au feu de toutes nos batteries; prouvant ainsi qu'ils ne voulaient pas , en perdant une heure , retarder l'ouverture de leur feu. L'ennemi parvint à se couvrir dans la nuit , et le 24 mars , au point du jour , des remparts de la place on aperçut trois nouvelles batteries , armées , l'une de 6 pièces de 24 , l'autre de 4 pièces de 18 , et l'autre de cinq pièces de 24. Elles menaçaient de front et d'écharpe les bations 7 et 8 , et le bastion n° 9 relié au château. C'était le point le plus faible de ce côté de la place , n'ayant qu'une mauvaise escarpe découverte jusqu'au pied à plus de 800 mètres dans la campagne , et une simple courtine sans parapet, ni fossé , ni contrescarpe. Le génie fit à l'instant élever, en avant de cette courtine , un petit retranchement , dans le dessin de la couvrir ; de nouvelles embrâsures pour piéces de 24 , furent ouvertes au château , dans le but de prendre d'écharpe les batteries en avant des trnachées. Il était très important de maintenir ses communications avec la petite lunette San-Roc qui , portée en avant , prenait des revers sur les attaques ; mais le temps manquait pour un travail régulier ; on ne fit que le commencer en terre. Puis, quelques heures plus tard, les tirailleurs anglais ne virent plus passer personne ; on avait , à l'aide de perches , tendu un long parapet de toile derrière lequel couraient gaiement nos voltigeurs , avec force quolibets sur les habits rouges. Si le point choisi pour l'attaque était le plus vulnérable , la garnison était décidée à faire acheter cher à l'ennemi l'établissement de ces premières batteries de brèche. Le feu de la place , dirigé avec autant d'habileté que de persévérance, lui fit essuyer des pertes énormes qui , par bonheur le firent hésiter dans son plan et l'engagèrent à s'enprendre plus tard à un des points les plus formidables de la défense.

CHAPITRE VI.

—

Sourdes menées ; — Un conciliabule ; — Projets de vengeance
des Fernandistes ; — Craintes et espérances ; — Alerte ; —
Attaque et défense énergique de la lunette Picurina ; — Blessure fatale du capitaine Marcillac ; — Un transfuge ; — Assaut
et prise de la lunette ; — Efforts du commandant Lurat pour
la secourir.

Rien , cependant , dans les journées des 22 , 23 , et
24 n'avait arrêté les travaux des Anglais ; ils élevèrent
encore une batterie de quatre pièces de 18 contre la
lunette Picurina ; ils agissaient avec un calme et un
courage admirables; ne ripostant encore que par un
feu de tirailleurs à celui de nos canonniers , jusque au
moment où leurs formidables batteries pourraient ,
toutes à la fois , vomir l'incendie et la mort sur la malheureuse Badajoz.
Dans cette appréhension , une foule de familles aisées
avaient quitté la place , et il n'y restait plus guère que
les classes pauvres. Il en était d'autres , cependant , que
leur haine profonde de la cause de la France et du roi
Pépé , sobriquet donné à Joseph , avait fait rester à Badajoz, dans l'espérance de servir d'auxiliaires secrets aux
assiégeants et de pouvoir se venger des Joséphinos qu'ils
détestaient à l'égal des soldats de Napoléon.
A l'angle de la rue de Tolède et de la petite place San
Juan, un homme caché dans son manteau allait et venait
avec inquiétude , écoutant si , dans les environs , il
n'entendait point le pas cadencé des rondes de nuit. S'il

voyait arriver quelque passant qui se dirigeât vers la rue
de Tolède, tandis qu'une ronde la parcourait, il marchait
sur le champ à la rencontre du nouveau venu, puis après
l'avoir reconnu dans l'ombre : *n'entrez pas* , disait-il ; et
les deux espagnols se croisaient sans avoir l'air de s'être
parlé. C'est qu'il y avait, cette nuit-là, rendez-vous chez
le senor Dominguez et qu'il était important de n'éveiller
en rien la vigilance française par des entrées et des
sorties suspectes.

Dans une salle basse, sept ou huit hommes étaient
réunis autour d'une table mal éclairée et garnie de
quelques papiers. Leurs visages pâles et sombres réflé-
taient toute l'énergie du type de l'Espagne méridionale ;
ils s'entretenaient à voix basse de la situation de Badajoz
et des progrès de l'armée de siège ; la chûte de la place
était à peu près certaine , et dans la joie qui enflammait
à cette idée tous les regards , il y avait un vieux reste
de férocité moresque plus encore que du sang espagnol.

— Combien pensez-vous donc que puissent encore
tenir les français ? dit un petit homme au front chauve ,
à la moustache épaisse , et portant à la boutonnière un
ruban de deux couleurs indiquant une décoration
militaire.

C'était l'ex-capitaine Zarco de Las Amarillas , attaché
naguère à la maison militaire de Charles IV , ainsi que
le maître de la maison Ignacio Dominguez , et , comme
lui , un des plus implacables ennemis de la domination
française.

— Savez-vous , messieurs , que si la résistance reste
la même , il est à craindre que l'armée du midi n'ait
le temps de venir au secours de Badajoz et de débloquer
la place ? J'ai reçu , ce matin, un avis de Séville ; on
remarque un mouvement qui annonce de la part des
français des projets prochains.

— Tout serait perdu si les armes anglaises échouaient
de nouveau contre une poignée de Français. C'est bien

assez pour l'Espagne catholique de supporter des alliés hérétiques qui la rançonnent et l'épuisent; si les Anglais ne prouvent point du coup qu'ils font mieux que nous, le découragement va gagner de proche en proche, et vous verrez jusqu'à nos dernières provinces reconnaître un maître étranger.

— Par Saint-Jacques ! s'écria Dominguez, il ferait beau nous voir saluer la cocarde espagnole sur le front de Judas, nous, dignes enfants de ceux qui mirent sept cents ans à chasser le maure ! oh ! que non pas ! Badajoz tombera, et avec elle le prestige des armées françaises. Il faut frapper un coup terrible, surtout, sur ces indignes espagnols qui se sont faits les complices des satellites de Napoléon.

— Quelle honte en effet, messieurs, de voir ici depuis si longtemps se promener bras dessus bras dessous les meurtriers et les frères des victimes ! Mais patience, la junte de Murcie nous a fait savoir de ses nouvelles ; elle a dressé une liste de conseils de guerre, auxquels elle recommande tous les Joséphinos qui leur tomberont sous la main.

— A propos, dit Dominguez, en s'efforçant de prendre un air d'indifférence, comment se nomme donc ce capitaine d'artillerie, indigne enfant de Madrid, qui commande au nom des Français le poste de Las Palmas ? on dit que le roi Pépé n'a pas de serviteur plus dévoué.

— Parbleu ! vous m'y faites songer, reprit le petit capitaine Zarco ; c'est le beau capitaine Farignas, ce mince sous-lieutenant qui, attaché à la légation espagnole à Paris, en est revenu capitaine, et n'a plus que le cœur d'un Français sous l'enveloppe d'un Castillan. Ce traître n'a-t-il pas eu l'autre jour, avec son ami Roméro, l'insolence de me toiser du haut de sa grandeur et de rire avec une sorte de poupée blonde qu'il tenait sous le bras et qu'on qualifie, il me semble, de chasseur à cheval ! Comme je ne doute pas, commandant Dominguez, que vous ne fassiez partie du conseil de guerre , après la remise de Badajoz à notre|maître légitime, je vous prie de ne pas oublier les états de service du personnage.

— Et croyez-vous, messieurs, que le chef de bataillon Niéto , les quatre officiers et le détachement sous ses ordres , soient beaucoup plus recommandables ?

— Non pas , par Saint-Jacques ! Aussi , je vous promets , pour mon compte , de les surveiller de près , et de ne pas laisser sortir de Badajoz tout ce que je pourrai y faire arrêter par les sujets fidèles de Ferdinand et de ses alliés.

— Nous le devons , messieurs , à l'honneur de la vieille Castille , qui a besoin de laver dans le sang des traîtres les souillures faites à son blason !

— Comptez sur moi ; foi de Zarco de Las Amarillas ! mais pour cela , il faut que la place tombe avant dix jours, et ces démons de Français n'ont pas l'air disposés à capituler tant qu'il leur restera une gargousse.

— C'est précisément leur côté faible ; les munitions sont insuffisantes ; aussi , les assiégeants ont-ils résolu de s'emparer de la lunette Picurina , dont la reprise nécessitera une énorme consommation de la part des bastions , qui devront alors éteindre le feu désastreux de cet ouvrage avancé.

— Ont résolu de prendre ! c'est fort aisé à dire; mais il y a là un officier d'artillerie qui ne passe pas du tout pour disposé à se rendre , lui !

— C'est vrai , dit en souriant Dominguez , mais il y aura aussi quelqu'un qui saura faire son devoir ; j'ai trouvé un brave qui a joué sa tête pour notre sainte cause. Voyez quelle obscurité règne au ciel ; nous avons encore deux nuits pareilles , et j'espère...

Ici quelques coups de feu se firent entendre dans le lointain , et le canon retentit du côté du château. Chacun se tut à l'instant et les visages devinrent sombres. Un affidé se montra bientôt à la porte de l'appartement :

— Messieurs, dit-il à voix basse, vous avez le temps
de sortir ; il n'y a encore personne dans les environs ;
mais une patrouille de dragons qui s'avance vers la place
San Juan a, dit-on, sur sa route, fait ouvrir plusieurs
maisons à elle désignées par un guide...

Il n'en fallut pas davantage au maître du logis qui
conduisit à l'instant ses hôtes à la porte de la rue, où
chacun se hasarda, après avoir bien regardé et écouté à
droite et à gauche.

Huit cents hommes de la garnison avaient depuis
quatre jours travaillé sans relâche à la défense des points
menacés ; on s'attendait à une chaude attaque. Dès le
point du jour du 25, les canonniers aperçurent, des
remparts, les artilleurs anglais à leur poste et prêts à
commencer le feu ; le canon de la place ouvrit à l'instant le sien, mais l'ennemi ne riposta qu'à dix heures,
et engagea, avec 23 pièces de gros calibre, une canonnade terrible qui se soutint de part et d'autre jusqu'à la
nuit.

Les assiégeants, tout en dirigeant leur feu contre la
courtine qui couvrait le château, avaient pour but prin-
cipal de ruiner les lunettes San-Roc et Picurina. Celle-ci,
en butte à deux batteries qui s'acharnaient contre elle,
voyait peu à peu se dégrader son saillant ; le parapet
n'avait que quatre mètres d'épaisseur ; un fort éboule-
ment se manifesta vers cinq heures du soir. On dut, en
conséquence, se préparer à soutenir l'assaut que devait
faciliter l'ouverture de cette large brèche ; à peine fit-il
sombre que le saillant fut réparé avec des fascines et
des ballots de laine. Le capitaine Marcillac, commandant l'artillerie de Picurina, avait fait terminer les galeries à feu de revers, il avait, ainsi qu'on l'a vu, fait
ranger sur les parapets, des bombes et des barils foudroyants ; dans les galeries les fougasses étaient placées,
les augets tout préparés; il ne restait plus qu'à distribuer
les troupes et à assigner à chacun son poste et sa mission.

Par malheur , le brave Marcillac , tué plus tard à Waterloo , fut blessé au moment où il allait organiser une
vigoureuse défense ; il fut remplacé par un autre capitaine ; le temps s'écoula , il fallait encore deux heures
pour être en mesure ; on crut pouvoir compter sur le
reste de la nuit et n'avoir à faire face à l'ennemi qu'au
retour du soleil.

Une obscurité profonde enveloppait la lunette Picurina
et ses alentours ; il régnait à l'intérieur ce mouvement
confus , précurseur de toute action décisive; on allait ,
on venait , sans se rendre un compte bien exact de sa
mission. Un soldat isolé marchait avec précaution le long
du rempart battu en brèche ; il écoutait s'il n'était point
suivi ; rendu près du saillant en ruine , il se glissa fur-
tivement à travers les décombres et ne répondit rien au
quivive de la sentinelle postée à dix pas de lui. Quelques
instants après , il se remit à l'œuvre , et parvenu sur le
glacis , il prenait sa course vers la division anglaise et
répondait : *amigo !* au poste avancé qui lui jetait son cri
de surveillance. Cet homme était un déserteur espagnol,
et il passait à l'ennemi pour le prévenir de l'occasion
favorable que lui offrait une surprise facile. Une heure
après, à dix heures du soir, six cents hommes marchaient
résolument sur le fort et étaient déjà dans le fossé avant
qu'on ne les eût aperçus. A l'instant l'alerte est donnée ,
la fusillade jette dans l'ombre ses points lumineux qui
éclairent , vifs et rapides, les parapets de Picurina qui
se couronnent de défenseurs. Les Anglais ne ripostent
qu'à peine au feu de mousqueterie ; ils connaissent le
côté faible , et sans la moindre hésitation ils vont brave-
ment appliquer leurs échelles sur le saillant entamé par
le canon. La garnison manque de sang-froid ; elle ne
ne songe point à utiliser les bombes et les artifices disposés sur les parapets ; elle lutte dans une obscurité
complète contre les assaillants qui, pendant trois quarts
d'heure , poursuivent leur escalade avec une admirable

vigueur. A onze heures l'ennemi met enfin le pied sur le rempart, et peut, par des feux obliques, protéger l'ascension du reste de la colonne d'attaque. La garnison, qui, par malheur était mixte, ainsi que nous l'avons dit, ne montra pas d'ensemble dans ce fatal assaut ; la partie française, comme toujours, se comporta vaillamment et succomba à son poste ; plus de cent hommes tombèrent tués ou blessés, et les soixante autres furent pris les armes à la main. Un officier et trente hommes du régiment de Hesse d'Armstad se sauvèrent et rentrèrent dans la place où ils apprirent la prise de Picurina au gouverneur et au général Veiland, qui firent éclater tout leur mécontentement d'une semblable défaite, essuyée sans qu'on eût épuisé tous les moyens de défense.

Pendant ce temps-là, le commandant Lurat, du 103e, marchait avec son bataillon, au secours de la lunette, que la vivacité de la fusillade avait fait présumer chaudement attaquée ; mais il était détaché trop tard. Ce brave officier, quoique assailli par les colonnes qui déjà s'approchaient de la communication, se porta rapidement vers la gorge du fort, essuya un second feu très-vif des Anglais qui l'occupaient en entier, perdit là vingt braves, et se vit forcé de rentrer dans Badajoz le désespoir au cœur.

CHAPITRE VII.

Suites de la prise de Picurina; — Travaux des assiégés sur la rive droite ; — Découragement des assiégeants ; — Les munitions s'épuisent; — Plan d'attaque, de nouveau fautif; — Renfort pour l'armée de siège ; — Découverte et soupçons des capitaines Farignas et Roméro ; — Deuxième sortie ; — Mort du lieutenant Duhamel.

La prise de la lunette Picurina allait changer le système de défense et déranger les combinaisons fondées sur la durée présumée de la résistance de la place. Il ne fallait pas alors donner à l'ennemi le temps de respirer ; les bastions situés derrière la lunette , ouvrirent sur elle un feu qui dura toute la nuit.

L'ennemi, néanmoins , continuait de s'établir dans le fort , et pendant ce temps là ses batteries élevées à grand'peine tonnaient contre les bastions 7 , 8 et 9 ; c'etait , nous l'avons dit , le côté faible de la place ; il fallait chagriner sans cesse les assaillants sur ce point. Les Anglais n'avaient fait aucuns travaux sur la rive droite de la Guadiana , ils l'avaient laissée à notre disposition ; ils ne tardèrent point à s'en repentir. Le fort San Christoval enfilait presque la tranchée ; on fit de plus sortir de la place deux pièces de douze allongées et d'une longue portée qu'on mit en batterie sur un mamelon , bien au-delà du fleuve , mais qui , de là , pointées par d'habiles artilleurs , prirent en écharpe les batteries anglaises et leur firent un mal horrible. L'ennemi , ainsi foudroyé de toute part , ne savait plus où donner de la tête , il crut s'être trompé sur le bon point d'attaque , et le 26 mars , après dix jours d'investissement , il abandonna ses batteries et porta tous ses soins à la lunette Picurina.

Ce fut dans la place une grande joie et un noble mouvement d'orgueil pour les braves canonniers demeurés nuit et jour infatigables à leurs pièces et pour leurs intrépides camarades de l'infanterie qui , sans broncher , travaillaient aux brèches en plein jour et sous le feu des assiégeants. Mais , par malheur , si dans la garnison , le courage éteint inépuisable, il n'en était pas de même des munitions de guerre; cette journée avait coûté un grand nombre de projectiles creux et douze milliers de poudre qui , joints aux 64 milliers consommés, formaient déjà la moitié de l'approvisionnement ; l'artillerie eut donc la peine de modérer son feu.

Désormais il était évident que le plan des Anglais était de serrer la place du plus près possible , en se maintenant dans Picurina et en tâchant de s'emparer également de la petite lunette San Roc, d'autant plus incommode pour eux , que ce point était resté en communication avec la garnison de Badajoz. Ils travaillèrent donc sur le champ à lier le fort Picurina à la parallèle tracée en arrière, et , dans la nuit, ils poussèrent, à la sape volante, un boyau en zig-zag pour s'approcher de la lunette San Roc.

On sentait de part et d'autre tout le prix du temps ; c'était une ardeur et un courage réciproques. Dans les lignes Anglaises un feu terrible cherchait à démonter nos pièces ; nos canonniers ripostaient sans relâche ; d'intrépides tirailleurs s'élançaient en avant et ajustaient leur homme avec une habileté désolante pour les assiégeants, qui ne purent cacher les pertes considérables qu'ils éprouvaient. Rebutés dans le choix de leurs premières batteries , ils y avaient renoncé ; après avoir pour ainsi dire tâtonné jusque là , ils parurent enfin se décider, et,

à la gorge de la lunette , ils se mirent à construire tro,
batteries de brèches dirigées contre la face droite du
bastion de la Trinidad et contre le flanc gauche du bastion Santa Maria. L'ennemi ne pouvait plus mal choi-
sir ; c'était là le côté le plus fort de la place , et si
on avait eu assez de munitions , on eût pu diriger sur le
point d'attaque le feu de plus de quatre-vingts pièces, en
batterie sur cinq bastions , le château , la lunette San
Roc et le fort Pardaleras.

L'ennemi s'aperçut enfin des dangers qu'il y avait pour
lui à abandonner aux Français la rive droite du fleuve ;
il résolut de leur couper toute communication avec le
dehors au moyen d'une ligne de contrevallation. Dans ce
but , il fit une fausse attaque sur la lunette Verlé qui le
reçut vigoureusement , s'empara de la hauteur d'Ata-
layas , à 460 mètres au-delà de la lunette, et y cons-
truisit sur le champ une redoute carrée qui allait nous
inquiéter.

Mais ce qui était d'une importance capitale , c'était
d'occuper la lunette San Roc qui, avec celle de Picurina,
rendait les assiégeants maîtres des deux portes de la
place qu'elles commandaient. Aussi avaient-ils poussé
leurs approches à la sape jusqu'à quarante mètres de la
crête du chemin couvert de cet ouvrage. La place fit un
feu continuel d'artillerie et de mousqueterie sur la tête
de cette sape ; lennemi , troublé de ses pertes énormes
sur ce point, ne put plus longtemps y tenir , et se retira
dans ses lignes.

Le 28, on aperçut du haut des remparts une longue
colonne noire à l'horizon ; c'était un nombreux renfort
qui arrivait d'Elvas à l'armée de siège et qui bientôt passa
sur la rive gauche et rejoignit la camp anglais. Badajoz,
de son côté , ne pouvait rien recevoir ; elle allait donc
se voir réduite à toutes les horreurs d'une défense dé-
sespérée.

Le 29 , au point du jour , le capitaine Farignas se

promenait, triste et rêveur, devant le poste de Las Palmas, qu'il commandait ; il voyait avec anxiété le siège traîner en longueur, et il lui paraissait difficile que l'armée française pût détacher de Séville assez de troupes pour délivrer Badajoz avant sa capitulation. Le feu avait entièrement cessé de part et d'autre; un silence, peut-être plus imposant encore que le fracas du canon, régnait sur toute la place.

Il monta sur le rempart, et de là jeta les yeux sur le fort San Cristoval et la lunette Verlé, seuls points occupés par les Français sur la rive droite. Il voyait avec inquiétude les assiégeants continuer leurs travaux contre ces postes, évidemment destinés à servir de refuge à la garnison de Badajoz, en cas de retraite. Comme il allait redescendre, Farignas aperçut, à l'entrée du pont de la Guadiana, un groupe dont les gestes animés indiquaient une assez vive discussion. L'officier commandant le poste avait ordre d'exercer la plus active surveillance sur les Espagnols qui demandaient à passer ; il refusait le passage à quelques hommes qui lui semblaient suspects.

Pendant les explications, le capitaine Farignas aperçut deux ou trois hommes qui détournaient à droite et longeaient avec précaution les bords du fleuve ; un d'entre eux, d'une haute taille, frappa ses regards, et un mouvement subit de répulsion qui agita le cœur du jeune Joséphino, lui fit, plus vite qu'à sa tournure, deviner son ennemi Fernandiste Dominguez. Quelques instants après, un coup de feu se fit entendre, puis il vit s'agiter quelque chose sur l'eau ; un Espagnol venait en effet de se jeter à la nage pour traverser la Guadiana ; et une sentinelle lui avait tiré un coup de fusil.

Etait-ce encore un espion qui passait aux Anglais pour leur donner les avis nécessaires à l'attaque, ainsi qu'il s'en était trouvé lors de l'assaut livré à la lunette Picurina ? Farignas descendit vite à son poste, et comme il y arrivait, il aperçut venir un détachement espagnol commandé par le capitaine Roméro qui venait renforcer la garde.

— Parbleu ! dit-il à son compatriote , il serait grand temps de songer à ce côté de la place. Devine qui je viens de reconnaître là-bas, accompagnant quelques gaillards dont l'un traverse maintenant la Guadiana à la nage?

— Je parie que tu as encore reconnu ce maudit visage qui s'obstine à se mettre en travers de toutes tes entreprises... politiques et amoureuses. Il suffit pour toi d'avoir sept ou huit pouces de haut pour devenir ton ennemi. Mon pauvre garçon , il est ma foi bien question de toi !

— Tu crois plaisanter , Roméro ; eh bien , remarque ce que je te dis ; nous sommes ici une quarantaine encore plus odieux aux Fernandistes que les Français eux-mêmes ; il y a un comité qui nous surveille nuit et jour , qui ne veut pas laisser échapper sa proie ; quant à moi , j'ai l'honneur d'une surveillance toute particulière et depuis quelques jours....

— Dame , écoute donc , mon cher , tu t'es , si l'on dit vrai, permis des hostilités qu'entre nous Espagnols , on ne laisse pas ordinairement sans représailles... il ne serait pas étonnant qu'à ton tour , on te ménageât quelque petit... désagrément.

— Oui , ris , je te le conseille ; laisse faire ces messieurs , et tu m'en diras des nouvelles. Est-ce que le gouverneur devrait laisser tranquillement tous ces chiens d'habits rouges travailler à nous couper la retraite de ce côté ?

— Tiens regarde ; on y avait pensé avant toi ; l'aide-de-camp Duhamel en a parlé à son général , et dans une demi heure , tu vas voir.

Une colonne d'infanterie s'avançait , en effet , en silence et se dirigeait vers la porte de Las Palmas; le chef de bataillon , Billon , à la tête de quatre cents hommes du 9e léger , était commandé pour détruire , dans une sortie vigoureuse , les travaux de circonvallation des assiégeants sur la rive droite. En passant devant les deux capitaines espagnols , un jeune officier marchant avec les voltigeurs , se détourna de quelques pas , serra avec effusion la main de ses frères d'armes et regagna son rang , en leur adressant ce regard plein de gaîté et d'expansion , alors si familier à des hommes qu'attendait chaque jour , un nouveau combat. Cet officier était le lieutenant Duhamel ; Farignas , immobile à sa place , le regardait s'éloigner , le cœur serré ; il ne devait plus en effet le revoir.

La colonne du commandant Billon , à peine passée sur la rive droite , s'élança au pas de course jusque dans les lignes des assiégeants; mais l'ennemi, averti sans doute, avait massé sur ce point toutes ses forces ; l'intrépide Duhamel , à la tête du premier peloton , marche toujours , et tombe bientôt percé de trois balles , ainsi que plusieurs de ses braves voltigeurs. Il était impossible d'obtenir d'importants résultats de cette sortie ; il fallut donc rentrer dans la place , privée de nouveau d'un officier plein d'ardeur et de bravoure , qui fut l'objet de regrets unanimes.

CHAPITRE VIII.

—

Obstination contre la lunette San Roc ; — Moyen de faire perdre
une nuit aux assiégeants ; — Mission sans doute mortelle ; —
Dévouement du caporal de mineurs Stoll ; — Piège tendu par
lui aux Anglais ; — L'ennemi s'apprête à donner l'assaut au
bastion n° 7 ; — Travaux intérieurs du génie ; — Mort du
commandant Truilhier ; — Acharnement réciproque ; — Désolation et ruines dans Badajoz.

On sentait de plus en plus de part et d'autre combien
il était important de ne pas perdre même une heure dans
les travaux d'attaque ou de défense. Dans la matinée du
29, l'ennemi reprit son travail de sape contre la lunette
San Roc qu'il voulait absolument emporter; il redoublait
son feu, le nôtre l'écrasait ; il ne put, dans sa demi
journée, avancer que de deux ou trois mètres, et se vit
forcé de nouveau d'abandonner la sape.

Quelques minutes après, un officier monté sur la crête
du rempart aperçut distinctement à la place abandonnée
par les Anglais, un cordeau blanc tendu sur le sol et
laissé là sans doute par suite d'un départ précipité. Ce
cordeau traçait le boyau poussé sur le saillant de la lunette, et se trouvait oblique aux batteries de la place
qui ne pouvait le prendre d'enfilade, ainsi que l'avait
fort bien observé le capitaine du génie anglais qui avait
tracé la direction dans toutes les règles de l'art. Le général Veiland fut à l'instant informé de cette circonstance
et l'idée lui vint d'en profiter pour tendre un piège à
l'ennemi. Il était certain que, dans la nuit, les sapeurs

anglais allaient se remettre à l'œuvre et continuer le boyau dans l'alignement du cordeau ; si donc on pouvait lui donner une direction perpendiculaire à une batterie de la place, les sapeurs, sans s'en douter, travailleraient à leur perte, car au point du jour ils seraient mitraillés dans la tranchée et auraient de plus perdu une nuit entière, en reconnaissant leur faute.

Mais comment parvenir à opérer cette surprise ? comment échapper aux gardes de tranchée anglais et s'aventurer jusque dans leurs jambes pour ainsi dire ? se hasarder dans ce coup de main, c'était à peu près aller se faire fusiller sur place, comme espion. Ce n'était même pas assez, pour cette expédition, d'un courage à toute épreuve, il ne fallait pas se contenter d'un dévouement vulgaire, il était indispensable que la connaissance du métier fût une garantie de la réussite ; un homme appartenant au corps du génie pouvait seul remplir cette périlleuse mission, qui fut proposée aux sapeurs et aux mineurs de la garnison.

Il s'en présenta un, au regard plein de feu et d'intelligence, dont le nom mérite d'être conservé ; c'était Stoll, caporal à la deuxième compagnie du deuxième bataillon de mineurs. On n'hésita point à accepter les offres de cet homme sur la bravoure et l'intelligence duquel on pouvait, du reste, compter. Stoll, après s'être fait expliquer le but de l'opération, examina lui-même du haut du rempart l'état des lieux et vit que, sans beaucoup dévier, il pouvait planter le cordeau dans l'alignement des deux embrasures du château.

A la nuit tombante, le brave caporal sortit seul de la place, quelques minutes avant l'heure présumée de la reprise de la tranchée par les sapeurs anglais. Ses camarades, de service sur ce point, étaient rangés en silence sur le rempart et jetaient avec inquiétude les yeux du côté de la lunette San Roc ; ils se disaient entre eux: *le pauvre Stoll est f....*, et s'attendaient à chaque instant voir briller à travers l'obscurité de la nuit l'éclair de quelque coup de feu annonçant que c'en était fait de lui.

Pendant ce temps là , Stoll s'avançait résolument jusqu'au chemin couvert de la lunette ; rendu là , il passe à travers la première palissade , descend , et écoute attentivement , en se dressant le long du second rang de palissades , si les travailleurs anglais ne sont point déjà arrivés ; il n'entend rien. Le brave soldat alors ne balance plus , il franchit la palissade et se jette à plat ventre sur le glacis; il avait d'avance tracé tout son plan; il rampe sur les mains dans la direction du cordeau et en levant la tête aperçoit à vingt pas un soldat anglais qui fait sa faction près du boyau commencé. Par bonheur, la nuit est noire , Stoll ne peut guère être aperçu sur le sol , il rampe encore et il voit le cordeau à deux pas de lui. Il profite du moment où le factionnaire lui tourne le dos , il arrache le piquet et , d'un poignet vigoureux , l'enfonce en terre dans la direction de la batterie du château; puis craignant d'avoir fait quelque bruit , il se couche de nouveau et attend , la main sur son sabre , pour voir s'il est découvert. Les gardes de tranchée ne bougent point ; le caporal Stoll se glisse par le même moyen jusqu'aux palissades ; et une fois hors de portée, il prend sa course et rentre dans Badajoz où il reçoit toutes les félicitations que mérite un si noble dévouement.

Les sapeurs anglais ne manquèrent point de donner dans le piège ; ils travaillèrent toute la nuit dans la direction tracée par Stoll ; les canonniers du château ; avertis de la veille , se tenaient à leurs pièces ; aussi dès que le jour parut , ils saluérent à mitraille les travailleurs pressés dans la tranchée , qui ne s'aperçurent qu'alors de leur méprise et se retirèrent en désordre dans leurs lignes , après avoir perdu un temps précieux. Le gouverneur , charmé du zèle et de l'intelligence déployés par Stoll , lui donna une gratification , et mit le comblé aux vœux du soldat , en lui promettant , de le faire, après le siège , porter pour la croix, alors revêtue de tout son prestige.

Les canonniers Anglais étaient, de leur côté , à leur poste sur un autre point : ils avaient résolu d'ouvrir la brèche au bastion 6 situé en face de Picurina dont l'ennemi était maître. Au point du jour la première batterie commença son feu contre le flanc gauche de ce bastion ; le bastion 7 allait être évidemment en butte au feu de deux autres batteries que les assiégeants terminaient d'armer; c'était là qu'il fallait s'apprêter à repousser un assaut que tout démontrait devoir être terrible. Pendant que le feu grondait avec fracas de part et d'autre , que les boulets anglais ricochaient sur le rempart , les sapeurs du génie , la pelle et la pioche à la main, reliaient les deux bastions par un retranchement intérieur ; calmes et impassibles, ils travaillaient au salut commun; tout-à-coup les trois batteries de brèches font ensemble feu de leurs 36 pièces de gros calibre contre le bastion 7 et la face gauche du n° 6 , battus depuis le matin ; à cette attaque , le colonel Lamare , à qui revient sa large part de l'honneur du siège , va riposter par une défense non moins vigoureuse. Ce n'est plus assez du retranchement intérieur ; quand il sera forcé , il faudra que l'Anglais emporte une seconde enceinte. Il y a là , au milieu de nos travailleurs, un officier du génie qui a fait ses preuves à la défense d'Almeida et qui a demandé au comte d'Erlon l'honneur de venir au secours de Badajoz ; c'est le chef de bataillon Truilhier. Il fait créneler les murs des jardins et des maisons qui donnent sur le rempart ; il ordonne de couper de fossés les rues voisines et de barricader leur débouché , de manière à ce qu'en cas d'escalade, l'ennemi rencontre partout un nouvel assaut à donner. Les ordres sont exécutés avec le courage et l'intelligence ordinaires aux armes spéciales ; il est dignement secondé par le capitaine Lefaivre , le capitaine de sapeurs Martin , le capitaine de mineurs Lenoir et l'adjudant Henneberg , qui tous, dans cette défense héroïque de Badajoz , devaient arroser de leur sang les travaux des brèches.

Mais pendant que les trois batteries démantelaient les bastions , l'ennemi , se doutant des préparatifs intérieurs, faisait, de deux autres points, pleuvoir sur le rempart les obus , les boulets creux chargés d'artifice et ricochait tous les ouvrages des assiégés. Rien ne les faisait reculer , ils continuaient avec le même calme leurs travaux : mais, oh ! malheur ! un éclat atteint à la tête le brave Truilhier , et étend mort cet officier si distingué qui fut pleuré par le corps du génie comme une de ses illustrations futures.

Cette journée du 31 mars, dans laquelle l'artillerie de la place tira avec sa supériorité habituelle et démonta plusieurs pièces aux assiégeants , devint par cela même une nouvelle source de dangers; plus de cinq mille coups de canon tirés de part et d'autre diminuèrent sensiblement l'approvisionnement déjà trop faible pour les besoins de la résistance. Mais un entraînement irrésistible emportait en ce jour tous les esprits , la haine nationale trouvait à s'assouvir sur l'Angleterre , et c'était avec acharnement que le feu était soutenu par la garnison française de Badajoz. La nuit venue n'y mit même point un terme ; les intrépides tirailleurs des lieutenants Michel et Leclerc de Ruffey continuèrent jusqu'à près de onze heures du soir à ajuster les artilleurs Anglais que venait éclairer la lueur de leurs pièces; ils ne rentrèrent même dans la place qu'après l'explosion de deux magasins à poudre que nos bombes avaient atteints dans les batteries ennemies , et qui , en sautant , illuminèrent l'horizon d'une éclatante gerbe de feu dont l'aspect fut salué , sur le rempart, par un hurrah général.

Après une journée semblable , on pense bien que les décombres devaient encombrer le fossé au pied des murailles si furieusement battues en brèche ; après avoir combattu à leurs postes respectifs, des détachements d'infanterie allèrent encore, sous le commandement d'officiers du génie, déblayer les fossés, et restèrent ainsi exposés pendant cinq heures à la mitraille et à tous les projectiles que l'ennemi concentrait sur ce point.

Cependant la désolation devenait générale à Badajoz ; la population, étrangère à tous les sentiments de gloire nationale et d'orgueil militaire qui soutenait le courage de la garnison française, était en proie à un abattement complet. Cette garnison, sans casemates, sans le plus mince blindage, voyait pourtant sans effroi les bombes éclater sur sa tête ou sous ses pas ; les habitants, au contraire, s'enfuyaient, épouvantés, loin des quartiers où pleuvaient les projectiles anglais ; les uns se réfugiaient dans les églises, pleins de cette superstition espagnole qui leur persuadait que là ils seraient à l'abri, d'autres s'entassaient dans les caves qu'ils croyaient à l'épreuve ; mais les bombes ne respectant rien, perçaient la voûte des temples comme les faibles toitures des maisons, et une foule de malheureux trouvaient la mort là où ils cherchaient leur salut.

D'après les bruits qui couraient en ville, la poudre allait manquer à la garnison, il allait falloir capituler. Les conciliabules tenus chez le senor Dominguez devenaient de plus en plus confiants dans une prompte réalisation de leurs espérances ; Badajoz devait bientôt rentrer sous la domination de son roi légitime, et il importait que les Fernandistes eussent un pouvoir tout organisé, pour prendre la direction des affaires, après l'entrée de l'armée anglaise dans la place, il fallait surtout veiller à ce que les Espagnols combattant avec les Français ne pussent pas profiter de la capitulation, s'il y en avait une. C'était là une opinion que ne manquaient jamais de soutenir vivement Dominguez et le petit capitaine Zarco.

CHAPITRE IX.

—

Contraste, calme et tempête ; — Changement de poste de Farignas ; — Nouvelle apparition ; — Une scène de famille dans le
jardin Dominguez ; — Anxiété, résolution soudaine ; — Le lieutenant Olize, nouveau billet mystérieux ; — Parti pris par
Farignas.

On était au premier avril : une canonnade sans relâche avait encore, pendant toute la journée, causé
d'affreux ravages dans la place ; les parapets des bastions 6 et 7 étaient presque entièrement à bas. Farignas,
avec un détachement espagnol, était posté au bastion le
plus voisin du château ; un officier d'ordonnance vint
lui porter l'ordre de se rendre aux bastions attaqués et
d'amener avec lui vingt hommes. La soirée était ma-
gnifique, cette partie de la place n'avait point encore
souffert du siège, et c'était un contraste frappant et
presque douloureux que la paix régnant sur ce rempart
et dans les jardins d'alentour, quand non loin de là tout
portait la terrible empreinte de la lutte engagée entre
deux puissantes rivales. Il s'agissait de relever les parapets écroulés, et pour cela on s'était porté en arrière
sur les terre-pleins pour en faire de nouveaux au moyen
de sacs-à-terre et de ballots de laine. Etaient-ils emportés
par les bordées de canon ? à l'instant, de braves travailleurs couraient en replacer d'autres.

Le capitaine Farignas se rendait à la porte de la Trinidad, poste qui lui était assigné ; il avait avec lui le
lieutenant Olize qui, souvent, l'avait plaisanté sur ses
assiduités auprès de la jolie petite dame de la place de

Las Palmas , et sur les frayeurs qu'inspirait le galant officier au jaloux qui l'accompagnait dans ses promenades. Ils cotoyaient en silence les murs des jardins qui là étaient abrités par le château , et qui , par cette raison, avaient reçu de nombreux fugitifs des autres points de la ville. Comme le détachement allait déboucher sur le rempart, Farignas en jetant les yeux à sa droite , sentit le sang lui affluer soudain au cœur ; un sentiment inexplicable l'agitait ; il se trouvait dans ce même lieu où un piège lui avait sans doute été tendu , et au même instant , il aperçut encore se dresser de loin le long fantôme acharné à sa poursuite.

— Par ma foi ! dit le lieutenant, voilà du nouveau ; regardez-donc là-bas , capitaine ; je crois , Dieu me pardonne, que c'est votre homme de la place de Las Palmas?

— Bah ! fit Farignas , réprimant un mouvement involontaire , que diable voulez-vous qu'il fasse ici à cette heure ? il faut terriblement aimer la promenade pour venir ainsi attraper, non pas des coups de soleil, comme sur la place , mais des coups de canon.

Dominguez après avoir attendu quelques instants le détachement , le reconnut , et entra dans le jardin par la petite porte que savait Farignas.

Dans le fond du jardin était un pavillon dont une croisée donnait sur le rempart ; mais sur une autre face du mur d'enceinte et à quelques pas de l'angle formé par les deux côtés. Là , le cœur haletant , les yeux ardents et tournés vers le sentier du rempart qui passe au coin du pavillon , une jeune femme penchée à la croisée entr'ouverte écoutait avec anxiété si elle n'entendrait point marcher vers elle ; une jeune fille appliquait en même temps son charmant visage aux vitres d'une autre croisée, et regardait avec non moins d'inquiétude si personne n'entrait dans le jardin situé au bout de l'allée.

Tout-à-coup elle dit d'une voix émue : *maman* , *le voilà* ! Au même instant Juanita entend le pas cadencé de plusieurs hommes , ils passent à l'angle du jardin , pas un ne détourne la tête; les secondes sont des siècles pour elle ; elle n'y tient plus , elle croit reconnaître en arrière du détachement le lieutenant Olize et l'appelle par son nom. Le lieutenant se détourne , surpris , aperçoit Mme Dominguez qui lui fait signe d'approcher , en croit à peine ses yeux , mais court à la fenêtre qui se ferme avec précipitation en même temps qu'un billet tombe aux pieds du jeune officier espagnol.

Quelques instants plus tard, Dominguez rentrait au pavillon jetant sur sa femme et sa fille un regard inquisiteur bien fait pour ajouter au trouble de ces deux femmes , déjà tremblantes comme d'un crime d'avoir suivi l'élan de leur cœur.

— Diable ! dit Dominguez , avec un sourire sardonique , il paraît que MM. les afrancesados veulent prouver jusqu'au bout leur dévouement au roi Joseph; voilà un de leurs détachements qui se rend aux travaux des brèches. C'est vraiment dommage que tant de courage soit inutile , et que d'intéressants officiers , comme certain capitaine que vous connaissez , madame , soient exposés à mourir d'un boulet anglais ou à rendre compte de leur trahison envers leur roi légitime , Ferdinand de Bourbon !

Ee disant ces derniers mots , l'implacable espagnol prenait un accent à travers lequel perçait toute la rage de son cœur.

Puis , changeant de ton , et regardant ironiquement sa fille assise en silence auprès de sa mère : à propos d'officiers , je ne vois plus auprès du beau brun de Madrid , le petit blondin français qui l'accompagnait toujours dans ses promenades , est-ce qu'il serait tué , par harsard ? ce serait une véritable perte pour Badajoz.

Madame Dominguez sentit à ces mots cruels pénétrer dans son cœur de mère le trait injuste dirigé contre l'innocence et la candeur ; elle se leva soudain , lança à son mari un regard foudroyant de mépris et de fierté féminine, puis s'approchant de sa fille interdite, elle la pressa dans ses bras, et la pauvre petite sentit bientôt tomber sur son sein les larmes maternelles, qui cherchaient à laver les outrageuses paroles de son père.

Dominguez, à cet aspect, entendit lui-même la voix de la nature ; le repentir lui serra le cœur ; mais craignant de céder à un généreux sentiment, il sortit du pavillon et entra dans le jardin.

Pendant ce temps là, le détachement marchait toujour, le lieutenant Olize avait rejoint Farignas, tenant à la main le billet qu'il venait de ramasser sous la croisée de Mme Dominguez. Ce billet ne portait point d'adresse ; quelque penchant que les galants aient à croire à leurs bonnes fortunes, il n'était pas probable que, dans un moment aussi solennel, le jeune lieutenant devînt le héros de quelque amoureuse aventure ; il n'hésita donc pas à montrer au capitaine le mystérieux papier. Farignas frappé de la même idée jetait sur le billet que lui présentait son ami un regard plein de désenchantement; il lui semblait voir s'envoler de ses plis toutes ses illusions passées, et les douces espérances nées d'un coup d'œil, et les gages sympathiques confiés aux feuillets d'un autre billet par lui reçu en pareille circonstance.

Le détachement approchait du bastion battu en brèche, quelques boulets sifflaient à travers les cimes des arbres fracassés ; les deux officiers ralentirent le pas, et Olize déployant le billet y lut, avec son ami qui le dévorait des yeux.

« Badajoz va succomber. Que deviendrez-vous, vous
» tous qui, espagnols comme nous, avez le malheur de
» combattre dans les rangs de l'étranger, sous le dra-
» peau de Joseph ? Si la place doit capituler, n'y restez
» point avec les Français, fuyez plutôt et passez en
» Portugal.

» Des amis vous en ont préparé les moyens ; à l'en-

» trée du rempart qui conduit à la porte de Las Palmas
» se trouve la maison du cordier Noguera ; c'est un
» homme sûr et tout dévoué ; allez , aussitôt qu'il en
» sera temps , lui demander un asile. Noguera est pré-
» venu; il aura des vêtements tout prêts pour remplacer
» vos uniformes , il vous procurera un bateau pour tra-
» verser la Guadiana; allez, et que Dieu vousconduise!»

Les deux espagnols se regardèrent un instant en
silence , après cette lecture.

— Ah ! s'écria Farignas , digne et noble Espagnole !
Et moi qui avais la présomption de me croire seul l'objet
d'un intérêt que vous portiez à tous ! Et moi qui cher-
chais à séduire un cœur aussi pur ! Je vous aimais comme
femme délicieuse, ô Juanita , je vous adore aujourd'hui,
comme ange sauveur !

— Voilà , dit en souriant le lieutenant , qui figurerait
à merveille dans le Romancero ; mais il s'agit de toute
autre chose que de faire de la poésie amoureuse ; que
pensez-vous , capitaine, de l'offre de la belle Juanita ?

— Tenez , mon cher, voyez-vous ces braves fa tas-
sins qui, sous la mitraille , travaillent à la seconde enceinte ? voilà notre marche toute tracée , nous devons
périr ici avec les Français, car ce ne sont pas des
hommes à capituler. Si Badajoz est prise, elle ne le sera
que d'assaut ; ma foi , alors, si nous sommes encore sur
nos jambes, nous gagnerons la maison du brave homme
qu'on nous indique ; on peut chercher à vivre quand
l'honneur est sauf.

CHAPITRE X.

—

Épuisement des munitions ; — On attend l'assaut ; — Vaine tentative sur San Roc ; — Le capitaine Saintourens ; — Les tirailleurs ; — La place est démantelée ; — Vaincre ou mourir ; —
Les généraux Philippon et Veiland sont blessés ; — Nouveaux
renforts pour l'armée de siège ; — Formidables préparatifs de
l'artillerie ; — Les sept cents grenadiers et voltigeurs ; — Dévouement du lieutenant Maillet ; — Redoute portative.

Comme Farignas achevait, ils arrivèrent au bastion 6
et furent immédiatement mis à l'œuvre ; trois ou quatre
cents hommes élevaient un retranchement en arrière du
bastion et préparaient ainsi une défense que tout annonçait devoir être poussée aux dernières limites du possible.
Mais la durée de la résistance devenait elle-même une
cause de ruine; la consommation de poudre était énorme
et la place allait bientôt en manquer ainsi que de projectiles creux et de mitraille, si elle continuait à répondre
au feu de l'ennemi avec la même intensité. Il fut en conséquence résolu de restreindre la consommation de
poudre à six milliers par jour. Bien que cet état de choses
ne pût se cacher à la garnison, elle n'en demeura pas
moins inébranlable dans sa résolution, elle savait qu'à
la longue, elle finirait par succomber faute de munitions,
mais elle savait aussi que la crainte de voir arriver le
duc de Dalmatie au secours de Badajoz, forçait Wellington à tenter de l'emporter de vive force ; c'était pour
cela qu'elle ménageait sa poudre ; les français se pro-
mettaient d'écraser les habits rouges à chaque assaut
donné à la place et d'anéantir l'armée anglaise dans les
fossés de Badajoz. Jamais plus de patriotique enthou-

siasme n'avait enflammé le soldat; le mot de capitulation eût été une insulte à lui faire. Disons aussi qu'il fallait une telle garnison pour soutenir l'épouvantable assaut dont elle triompha quelques jours plus tard ; par malheur , ce n'était pas des soldats français qui défendaient le château ; là , l'infanterie anglaise devait rencontrer une défense bien au-dessous de l'admirable courage qu'elle déploya dans ce siège mémorable.

Ni repos ni trêve ; la garnison se compose de deux parts ; tandis qu'une moitié combat sur le rempart , l'autre déblaie les fossés et répare les brèches; et cependant , moins de mille hommes avaient été , jusque-là , tués ou blessés , malgré la témérité qui les exposait au feu de l'ennemi.

La lunette San-Roc était toujours le point de mire de la division anglaise postée en face de la porte de la Tri-, nidad. Dans la nuit du 2 au 3 avril , les assiégeants s'avancèrent en silence dans le but de rompre le batardeau de la lunette et de saigner l'inondation de la Rivillas ; mais ils avaient compté sans la vigilance du capitaine Saintourens qui se mit à la tête d'une compagnie du 58e et chassa , la baïonnette dans les reins , les travailleurs anglais.

Quarante pièces de 18 et de 24 faisaient un feu continuel ; le trois avril , une nouvelle batterie de quatre pièces de gros calibre fut encore dressée contre le bastion 7 qui devenait évidemment le point choisi par les Anglais pour donner l'assaut à la place ; ils cherchaient donc à empêcher à tout prix les travailleurs de la garnison de se maintenir dans ce bastion. Ils savaient , d'après le ralentissement des batteries françaises , que les gargousses allaient manquer ; mais ce que l'on ne pouvait par le canon, on l'obtint par le mousquet. Les tirailleurs des lieutenants Michel et Leclerc de Ruffey se jetèrent intrépidement dans les chemins couverts et dans des trous de loup creusés en avant , et de là , avec un sang froid imperturbable., ils pointaient les canonniers anglais dans leurs embrâsures et déployaient contre eux une adresse des plus meurtrières.

L'armée de siège pouvait réparer ses pertes, la garnison de Badajoz ne le pouvait pas ; elle était réduite à trois mille combattants , mais elle avait pour elle cette confiance en elle même , cette vieille gloire française à soutenir , qui rendait alors si terribles les soldats de la grande armée. Le moment suprême approchait ; la malheureuse ville de Badajoz n'était plus qu'un théâtre de désolation; ses remparts s'éboulaient partout, et déjà plusieurs brèches devenaient praticables; les efforts surhumains faits par tant de braves travailleurs ne pouvaient plus suffire à la tâche. L'instant était arrivé de vaincre ou de mourir.

Lord Wellington à la tête de plus vingt mille hommes regardait déjà comme une proie assurée la poignée de français qui défendaient encore les ruines de Badajoz ; contrairement aux lois de la guerre , il ne daigna pas sommer le gouverneur et lui offrir des conditions ; il voulait que d'elle-même la place se rendit à discrétion. Il épargna ainsi à son orgueil humilié , la fière réponse que lui eussent faite d'avance ceux qui, trois jours plus tard , l'écrivirent avec le sang de la fleur de son armée, foudroyée dans les fossés et sur les brèches. Le zèle suppléait au nombre ; le gouverneur et le général Veiland donnaient l'exemple d'une activité infatigable , en parcourant les travaux de défense et en excitant l'ardeur des soldats ; le général Philippon fut ainsi blessé à l'épaule , et le général Veiland eut , ainsi que ses deux aides-de-camp , ses habits traversés de plusieurs coups de mitraille.

La journée du trois fut passée toute entière à perfectionner les retranchements en arrière des brèches , à détruire les rampes des chemins couverts ; cent hommes étaient aussi employés aux travaux du château qui do

mine la ville, point que la garnison se réservait comme
dernière retraite pour ce qui resterait de vivant après la
défense à outrance qu'on se proposait de faire.

Les brèches des bastions 6 et 7 devaient, suivant toute
apparence, être praticables le lendemain; il n'était plus
possible de les déblayer sous la grêle de mitraille qui
tuait nos malheureux travailleurs dont on épargna enfin
le généreux sang en les faisant retirer ; il ne fallait plus
songer qu'à une chose, repousser les assauts avec toute
l'énergie française en pareille circonstance.

Le quatre avril, vers dix heures du matin, une profonde masse noire fut aperçue sur la route d'Elvas ; c'é-
tait une colonne d'infanterie arrivant encore du Portugal
et venant renforcer l'armée de siège ; elle passa sur la
rive gauche de la Guadiana, et s'établit sur la route
d'Albuhera, tandis qu'une longue file de charriots arrivait au camp anglais ; les vedettes déclarèrent que les
charriots étaient chargés d'échelles ; il n'y avait plus un
moment à perdre, l'assaut était imminent !

A l'instant, le conseil de défense est assemblé à l'état-
major ; là se pressent une foule de vaillants officiers qui
viennent recevoir le rôle destiné à chacun pour le dénouement du drame sanglant qui s'apprête. Pas la moindre
hésitation ; chaque vœu exprimé est une pensée de
gloire et de dévouement à la patrie ; chaque désir est un
appel à une action décisive qui puisse faire sentir à l'Angleterre tout le poids de la valeur française et d'une
vieille haine nationale.

Avant de repousser l'assaut, il y avait à prendre d'a-
vance toutes les dispositions nécessaires ; déjà le commandant d'artillerie Lespagnol annonce qu'il a disposé
deux demi-compagnies de ses troupes, avec leurs pièces
chargées à mitraille, à tous les flancs des bastions menacés ; malheur à qui se présentera devant le fossé et
prêtera le flanc à ses canonniers. De plus, cet officier
a fait confectionner des barils foudroyants avec de grands

tonneaux farcis de paille goudronnée et de grenades chargées ; il est convenu qu'on les alignera avec de grosses bombes sur la crête des brèches , et qu'au moment décisif, on y mettra le feu en les précipitant et en les faisant rouler au pied du rempart jusque dans les rangs des assaillants. Mais à qui sera confié le périlleux honneur de la défense des brèches. Il faut là des hommes qui joignent le sang-froid au courage. Tous les corps de la garnison y fourniront leur glorieux contingent ; il est arrêté que quarante hommes de l'artillerie et du génie et sept cents grenadiers et voltigeurs , munis chacun de trois fusils chargés feront face à l'ennemi , aux deux brèches des bastions 6 et 7. Ce sont les chefs de bataillon Barbot , du 88e de ligne , et Maistre du régiment de Hesse , qui commanderont ce bataillon sacré. S'il succombait , un autre , posté en réserve en arrière des brèches , doit prendre sa place et présenter aux Anglais un nouvel assaut à livrer au second retranchement ; c'est le chef de bataillon Lurat , du 103e qui est choisi pour cette résistance suprême. Enfin , il est une disposition encore plus terrible prise contre les assaillants ; l'armée de siège , par une témérité ou une impéritie inexplicable, n'avait point détruit les contrescarpes parallèles aux brèches ; elle avait négligé par là de se faciliter la descente dans les fossés; elle se privait des moyens prompts et faciles de retraite sur le glacis , en cas où ses assauts auraient été repoussés. N'importe , lord Wellington avait commis cette faute énorme de ne point avoir renversé la contrescarpe , et de paraître résolu à donner l'assaut aux brèches sans avoir préparé ses logements sur le glacis. Dès lors , il était évident que les fantassins anglais auraient à longer une certaine étendue des fossés avant d'arriver au pied des brèches. C'est sur ce passage que le génie a disposé le plus formidable moyen de défense. En face de chaque brèche , il a placé des barils foudroyants , puis il les a mis en communication avec soixante bombes de quatorze pouces de diamètre , espacées de quatre en quatre mètres , et recouvertes de quatre pouces de terre , le long des murs de contrescarpe. Ces bombes sont liées entres elles par des saucissons placés entre deux tuiles arrangées en augets , et formant un chapelet dont le premier grain devra rester sous la main d'un homme assez calme, dans une mission sans doute mortelle , pour attendre que l'ennemi l'entoure déjà au moment où il mettra le feu à cette mine défensive. Le brave qui accepta avec joie un si périlleux honneur , fut le lieutenant de mineurs Maillet.

Quoi qu'il en soit, les assiégeants ayant négligé de détruire les contrescarpes , on profita de cette faute pour hérisser les abords des brèches de tous les obstacles imaginables ; partout où l'ennemi ne pouvait pas directement descendre en face, on dressait des parapets avec des sacs à terre , des fascines , des balles de laine ; derrière ces retranchements improvisés , d'habiles tireurs faisaient un feu continuel de mousqueterie sur tout ce qui apparaissait à portée. Le lieutenant du 58e , Leclerc de Ruffey imagina même une espèce de redoute portative qu'on s'empressa d'adopter ; on avait employé comme barricades tous les ustensiles de l'artillerie , haquets , tonneaux, affûts, cordages; le bastion no 7 devait être abordé par son flanc gauche ; le lieutenant proposa de placer au saillant de ce bastion un grand bateau qui , rempli de soldats , prendrait en écharpe les assaillants qui descendraient dans le fossé. Ce projet fut à l'instant mis à exécution; le bateau , à grand renfort de bras , fut descendu au pied du bastion : il reçut sa garnison qui , avec toute la gaîté du soldat français , s'installa dans cette redoute de nouvelle espèce, et attendit le moment de combattre avec une vive impatience. Le temps manquait pour confectionner des chevaux de frise ; on en fit avec des lames de sabre de cavalerie, et on en disposa sur les principaux points accessibles.

CHAPITRE XI.

—

Nouvelle brèche faite et relevée; — Division d'élite anglaise massée
pour l'attaque prochaine; — Préparatifs des [Fernandistes; —
Fraternels épanchements; — Triste mission; — Attaque noc-
turne, vigoureuse résistance du commandant Weber et des
grenadiers Hessois; — Prise d'assaut de la lunette San Roc;
— Assaut général, héroïque trépas du lieutenant Maillet; —
Explosion, sublime horreur; — L'assaut est repoussé; —
Étrange fortune militaire de Wellington; — Le général anglais
Picton; — Prise du château, Fatalité; — Le capitaine Saint-
Vincent.

On était au 5 avril, les brèches étaient praticables et
assez larges pour donner passage à un escadron; nul
ne doutait que, dans cette journée, l'armée anglaise
ne donnât l'assaut à Badajoz; aussi, chacun était à son
poste, prêt à la bien recevoir. La fermeté d'une telle
contenance imposa à Lord Wellington, et ce général,
malgré sa supériorité numérique, jugea plus prudent
de faire une troisième brèche au corps de place.
Dès la pointe du jour, voilà donc, le lendemain, cinquante deux pièces de gros calibre qui redoublent leur
feu contre la courtine des deux bastions battus; au bout
de 12 heures, la moitié des revêtements était dans le
fossé. Le petit nombre des défenseurs de la place ne leur
permettait guère de faire face à l'ennemi sur trois brèches
à la fois; il fallait donc neutraliser, autant que possible,
ses travaux de destruction par des contre-travaux de
défense; le commandant Lurat tira du château une

compagnie de grenadiers Hessois qu'il adjoignit à son bataillon de réserve, et sous un feu de mitraille épouvantable, on releva la brèche faite à la courtine. Le moment final était proche, une excitation fébrile agitait de part et d'autre les combattants; l'acharnement faisait fermer les yeux sur les périls, cette journée du 6 avril fut la plus meurtrière pour la garnison de Badajoz.

La nuit était venue, le feu s'était éteint de part et d'autre; chaque partie belligérante se préparait au suprême effort. L'armée anglaise se massait en trois corps; deux se rassemblaient du côté du château, l'un en face de la lunette San Roc, l'autre sur la gauche du bastion n° 9 dont la courtine était battue en brèche et presque en ruines, ainsi que celle du n° 8. Entre Picurina et la couronne de Pardaleras, sur la route de Valverde, Wellington avait réuni deux fortes divisions d'infanterie composées de bataillons d'élite destinés à la plus rude des tâches, à triompher de la résistance de rivaux qu'ils savaient déterminés à tout ce que pouvait produire de plus énergique la valeur française. Dans l'intérieur de la ville, la surveillance ne pouvait plus s'exercer avec la même rigueur; le service exigeait la présence des troupes à tous les points du rempart menacés d'assaut et d'escalade. Aussi l'audace revenait-elle aux ennemis du roi Joseph, et se disposaient-ils à porter aux français les derniers coups, si Badajoz était pris. Sous prétexte de fuir la chûte des bombes qui écrasaient les maisons de certains quartiers, beaucoup s'étaient réfugiés dans les jardins des environs du château. Dans celui de Dominguez une trentaine d'Espagnols s'étaient rassemblés et la plupart y avaient touvé des fusils et des tromblons apportés là en secret par le maître des lieux et par le capitaine Zarco. Ils attendaient donc en silence le moment d'agir et de marcher aux ordres des deux fougueux partisans de Ferdinand VII, qui tâchaient de faire partager à leurs affidés toute leur haine individuelle cachée sous le masque de la nationalité espagnole.

Farignas, avec ce qui restait du détachement espagnol, était à son poste de combat, au second retranchement en arrière de la brèche des bastions 6 et 7. De là le regard s'étendait jusqu'à l'angle du rempart où s'enfonçait le jardin de Dominguez. Avant que la nuit ne fût venue, il avait plus d'une fois aperçu des hommes qui, s'avançant avec précaution, semblaient examiner de loin ce qui se passait sur ce point de la défense. Quand il fit plus sombre, il parut même au capitaine qu'un homme se tenait à quelque distance des combattants, presque immobile à sa place, et que de temps en temps un autre, arrivant du côté du pavillon, venait conférer avec l'observateur, et se retirait après en avoir, sans doute, reçu une réponse qu'on était venu chercher.

Le capitaine, d'ordinaire si gai et si communicatif, était sombre et taciturne; par des retours involontaires, son souvenir se reportait sans cesse aux jours où il se berçait de tant de flatteuses espérances; alors qu'il croyait lire dans les yeux de Juanita les progrès d'un sentiment qu'il sait maintenant avoir éprouvé seul. Il sentait en son cœur un vide affreux; puis, à l'aspect de ces brèches béantes et du petit nombre de soldats qui étaient là pour les défendre, il se prenait à désespérer de Badajoz et ne voyait plus se dresser devant lui que les pontons de l'Angleterre l'attendant avec les prisonniers français, ou les poignards des sicaires de Ferdinand, aiguisés contre les Joséphinos.

— Roméro, dit-il à son ami, as-tu remarqué encore ce soir les allées et les venues des gredins qui ne nous abandonnent pas plus que notre ombre ? En voilà encore un là-bas.

— Que diable, mon cher, c'est flatteur pour toi; ce sont des gens qui s'intéressent à ta santé, et qui veillent sur tes jours. Mais, du coup, tu n'as pas vu ton grand fantôme , tu ne dois pas si fort t'inquiéter ; il n'y a pas là du Dominguez.

— Non , mais j'ai aperçu une tournure de singe qui pourrait bien me faire penser qu'il y a du Zarco ; et tu sais que cela te regarde autant que moi ; s'il pouvait lui aussi , te mettre la main au collet ?

— Ah ! bah ! il faut pour cela que les Anglais mettent le pied dans la place , et Dieu merci , personne n'est ici disposé à leur rendre ce petit service.

— Que la volonté de Dieu soit faite ! répliqua Farignas en poussant un profond soupir. J'ai un service à te demander, Roméro. Je n'ai pas eu un moment pour écrire à ma mère , elle n'a point reçu mes derniers adieux ; tiens , voilà ma montre ; si je suis tué cette nuit et que tu me survives, promets moi de la lui faire remettre de ma part , comme un gage de souvenir de son fils ; ma mère demeure toujours à Madrid , sur la place de la Cébada.

Roméro , à l'accent triste et solennel de son ami , se sentit saisi de cette sorte de respect qu'à cette époque de combats perpétuels inspirait si souvent la voix d'un camarade frappé de pressentiment ; il ne chercha point à dissuader Farignas ; il fit un pas vers lui , prit la montre , et lui étreignant vigoureusement la main ; je te le promets , dit-il avec âme et en regardant son ami fixement.

— Merci, Roméro ! fit le capitaine en pressant l'autre sur son sein ; puis portant la main à ses yeux en larmes: sacrebleu ! s'écria-t-il presque honteux de ce moment d'attendrissement , il était grand temps que le canon vînt se mêler à l'entretien ; l'entend-tu ? voilà le moment venu !

Une canonnade terrible éclatait en effet en cet instant ; il était neuf heures et demie du soir; la nuit était sombre, les Anglais attaquaient en même temps la lunette San Roc et la courtine des bastions 8 et 9. Une colonne d'infanterie s'élançait dans les chemins couverts et allait résolument dresser ses échelles contre l'escarpe de la courtine qui était de plain-pied avec le chemin couvert et sans aucune palissade. Malgré la vigueur de l'escalade et le nombre des assaillants ; le chef de bataillon Weber qui commandait là 300 hommes du régiment de Hesse fit bonne contenance ; le détachement de canonniers français donna aux Hessois l'exemple de leur fermeté ordinaire ; cette poignée de braves lança à la main des bombes au pied du rempart, tandis que d'autres saisissant les échelles les culbutaient toutes chargées dans le fossé. L'attaque fut ainsi aussi vigoureusement soutenue que tentée, et la colonne anglaise se retira, aux acclamations des défenseurs du rempart.

Mais la lunette San Roc n'eut pas le même bonheur ; mieux attaquée ou moins bien défendue, elle fut prise d'assaut. Les anglais n'échouèrent sur un point que pour triompher sur un autre.

Ce n'était là pour ainsi dire que le prélude du drame qui allait s'accomplir, qu'une fausse attaque pour masquer la véritable. Pendant le tumulte, le gros de l'armée de siège s'avançait en silence sur la route de Valverde ; l'obscurité protégeait ses approches, et elle était déjà sur les glacis des bastions menacés, qu'elle n'avait pas encore été aperçue. Cependant un certain cliquetis impossible à entièrement étouffer avait été entendu du haut du rempart ; à l'instant l'alarme est donnée, les brèches se couronnent de défenseurs, et tous les cœurs battent pour la gloire et la patrie.

Deux divisions anglaises avaient formé leurs têtes de colonnes d'attaque ; à un signal donné, elles se jettent rapidement dans le fossé et courent jusqu'au pied des décombres ; un cri part sur toute la ligne, *les voilà ! les voilà !* L'héroïque Maillet est à son poste. Il est là qui, au milieu des clameurs, du torrent qui inonde, en grondant, les fossés, calcule d'un œil calme le temps et les distances ; il juge qu'en cet instant les colonnes anglaises doivent traverser la portion minée, il se penche, met le feu à la fougasse , et tombe presque en même temps frappé d'un balle mortelle! Mais avant de mourir, ce glorieux enfant de la France aura encore la joie d'entendre les cris de victoire de ses compagnons.

Qui pourrait rendre la sublime horreur du tableau ? le feu communiqué au chapelet de bombes courut comme l'éclair d'un bout à l'autre , et soudain les explosions partielles se confondirent comme dans un effroyable coup de tonnerre , dont les roulements durèrent plus d'une minute. Les barils foudroyants lancèrent , en éclatant, leurs débris enflammés dans les airs ; les éclats de bombes sifflèrent sur toutes les têtes ; un véritable volcan venait de s'ouvrir sous les pieds de l'armée anglaise; une immense gerbe de feu éclaira au loin l'horizon , et projeta ses lueurs sur nos sept cents voltigeurs et grenadiers qui apparurent alors , debout sur la brèche , et apprêtant fièrement l'arme pour faire feu , tandis que le cri de *Vive l'empereur !* montait au ciel à travers la nue enflammée.

C'est ici qu'on ne saurait trop rendre hommage à qui le mérite. Les premiers bataillons anglais , culbutés , déchirés par l'explosion et par les bombes et les barils qui leur pleuvaient du rempart , soutiennent sans s'ébranler un choc aussi formidable : ils se rallient avec un courage indomptable , et sur les cadavres de leurs camarades, ils reviennent à l'assaut et gravissent la brèche. Mais là ils rencontrent des ennemis dignes de l'Angleterre ; les grenadiers les reçoivent eux-mêmes sans broncher devant le grand nombre ; chaque file qui parvient au sommet de la brèche en est précipitée ; elle est suivie d'une autre qui vient recevoir à bout portant le feu des français et roule à son tour sur les décombres sanglants. Une fusillade incessante part des remparts et des tirailleurs embusqués dans le bateau ; elle porte en plein sur les masses anglaises pressées au pied des bastions, et ne pouvant évacuer le fossé dont lord Wellington a négligé de détruire la contrescarpe. C'était chose douloureuse à voir que ces malheureux fantassins anglais, se tourmentant dans un étroit espace, cherchant à franchir la contrescarpe et retombant foudroyés par le feu du rempart.

Etrange fortune de Wellington ! tout, jusqu'à ses fautes, devait, dans sa carrière militaire, contribuer à ses succès, et lui faire attribuer la plus forte part de gloire dans des victoires qui n'étaient pas les siennes. On se rappelle qu'à Waterloo, ce général avait tellement encombré ses derrières de bagages, que lorsqu'il voulut battre en retraite sur Bruxelles, écrasé par nos bataillons, on vint lui dire que la chose était impossible. Ce fut alors que Wellington, s'adossant à un arbre qui est devenu historique, s'écria à ses officiers : *C'est ici, messieurs, que tout bon anglais doit mourir!* Et la lutte continua, longue et acharnée, et pendant ce temps là, l'armée prussienne avait le temps d'arriver, et la fortune allait changer !

Il en avait été de même à Badajoz. Les divisions anglaises engagées dans un fossé sans issue en cas de revers, s'obstinèrent dans un assaut que la nécessité leur commandait de mener à fin ; les fossés, les chemins couverts, les glacis étaient jonchés de morts et de blessés ; mais pendant cette lutte horrible, un autre général anglais, l'intrépide Picton, qui devait, lui aussi, tomber plus tard glorieusement à Waterloo, Picton avait le temps d'accomplir sur le château de Badajoz un coup de main des plus audacieux.

Lord Wellington, désespéré, ne pouvant plus continuer la lutte sans faire entièrement anéantir son armée, avait donné enfin l'ordre de la retraite ; il laissait au pied des bastions 3680 morts ou blessés, dont 264 officiers et cinq généraux ! un immense cri de victoire retentit sur le rempart.

Pendant les assauts , le gouverneur , le général Veiland et les officiers d'état-major se tenaient , avec quelques cavaliers de réserve , sur une petite place en arrière des bastions et située à peu de distance , à peu près au centre des attaques. Là , on était prêt à donner tous les ordres nécessaires , et à recevoir tous les rapports. Un commandant espagnol , entendant les cris et le tumulte qui avaient suivi l'explosion des bombes , vint tout-à-coup annoncer que les Anglais avaient pénétré par le bastion 6. A l'instant , le général Philippon y courut avec quelques officiers , et ne tarda pas à reconnaître que l'officier espagnol n'avait cédé qu'à une panique ; les braves qui avaient défendu le bastion étaient à leur poste , prêts à faire face , s'il le fallait , à de nouvelles attaques.

Voilà que peu de temps après, arrive au galop le lieutenant de dragons Lavigne ; il est fortement ému et demande le gouverneur. *Au château ! au château !* s'écrie-t-il ; *l'ennemi y est entré !* on venait d'avoir une fausse alerte, le général Philippon n'ajouta pas beaucoup de foi à cette nouvelle ; comment imaginer la prise du château sans celle de Badajoz ; à moins qu'on ne l'eût enlevé d'escalade par son seul côté extérieur défendu là par des rochers presque taillés à pic ? était-ce possible?

On hésite , on tâtonne. Toutefois quatre compagnies du 88e , seule réserve qui reste disponible , sont mises sous les ordres de l'aide-de-camp Saint-Vincent. Ce brave officier se met à la tête de ce détachement formant tout au plus deux cents hommes , et se porte au pas de course sur le château , en suivant le rempart et en l'abordant par la porte donnant sur le demi bastion no 9. Comme il arrivait , la porte venait de se fermer , et une vive fusillade accueille ses hommes. Un douloureux sentiment leur serre le cœur ; ils sentent toute l'importance de cette occupation ; le capitaine Saint-Vincent veut reprendre et forcer la porte du château ; il est bientôt blessé ainsi que la plupart de ses officiers , et ses soldats sont dispersés par un feu meurtrier. Deux compagnies du 9e léger avaient en même temps reçu l'ordre de marcher sur l'autre porte du côté de la Guadiana. Fatalité ! ces compagnies comprennent mal ; elles courent aux brèches où elles sont entièrement inutiles , et dégarnissent ainsi en pure perte le bastion no 1 qui allait bientôt être attaqué.

CHAPITRE XII.

—

Commencement de désordre dans la place ; — Résolution de Farignas ; — Audacieux coup de main de la division Picton ; —
Silencieuse et téméraire escalade du château ; — Molle résistance, barbarie des assiégeants ; — Attaque de la couronne de
Pardaléras ; — Admirable résistance du poste ; — Fatal malen-
tendu ; — Le bastion N° 1 est emporté malgré la plus énergique
défense d'une poignée de braves.

Le détachement espagnol qui avait concouru à la défense des brèches était retourné à son poste en arrière du
bastion 6. De là on était plus en communication avec
l'intérieur de la ville ; des allées , des venues sans but
déterminé, témoignaient déjà d'un commencement de
désordre , le bruit arrive enfin que le château est pris.
Ce coup inattendu commence à ébranler la fermeté de
quelques officiers qui ne voient pas , sans effroi , se
fermer devant la garnison le seul refuge où elle espérait
pouvoir se maintenir jusqu'à l'arrivée de l'armée du
maréchal Soult.

Farignas légèrement blessé se trouvait de nouveau
côte-à-côte avec le lieutenant Olize. Comment! s'écriait-il,
nous aurons ici repoussé dix mille hommes, et le château
n'a pu venir à bout de quelques centaines , peut-être !
nous allons dans quelques instants être pris entre deux
feux.

— Et nous voir peut-être forcés de mettre bas les
armes ! continua en soupirant Olize.

— Quant à moi , je suis décidé à suivre la fortune des

français, bonne ou mauvaise. S'ils veulent combattre jusqu'à la mort, je suis leur homme ; s'ils se rendent, Eh ! bien, ils le pourront faire sans déshonneur, ce sera alors à nous de chercher la maison du cordier Noguera et de profiter du secours que nous a offert notre digne petite compatriote.

— A la garde de Dieu, capitaine !

Comme ils disaient, un chasseur à cheval passa au galop et cria au détachement que le bastion n° 1 était attaqué ; au même instant, une violente canonnade éclatait au dehors, du côté de Pardaleras, et la fusillade retentissait à l'intérieur, à quelques centaines de pas sur leur droite. Que faire ! point d'ordres, ignorance complète de ce qui se passe ; il faut rester à son poste, et tous y demeurent, le cœur plein d'une mortelle anxiété, et prêtant l'oreille aux bruits de combat qui leur parviennent de tous côtés.

Comment la fortune venait-elle donc en si peu d'instants de trahir tant de courage et de dévouement ? l'audace d'un seul homme avait tout fait.

On se rappelle que tandis que la lunette San Roc était prise d'assaut, le reste de la division anglaise tentait l'escalade du front 8 et 9 adjacent au château, et était vigoureusement repoussé par le commandant Weber. Cette division était la 3e commandée par le général Picton. Ce général, resserré entre la Rivillas et les batteries de la face interne du château, conçut à l'instant un plan aussi habile que téméraire. Il fit un mouvement de retraite vers la Rivillas ; mais loin de repasser cette petite rivière, il la descendit jusqu'aux rochers qui, là, protègent la citadelle contre toute attaque en arrière. Il confia aux plus agiles la mission d'escalader cet obstacle; les soldats anglais s'accrochèrent aux aspérités du roc, traînant avec eux une échelle. Parvenus à peu près en face du milieu du mur d'enceinte, ils se laissèrent glisser à terre, puis apercevant une embrâsure au rempart,

élevé de près de vingt pieds en cet endroit, ils y appli-
quèrent hardiment leur échelle et montèrent en silence.
Les premiers arrivés, loin de s'intimider à l'aspect du
détachement qui accourait au bruit de cette surprise,
marchèrent sur lui, luttèrent le plus longtemps possible
pour donner à d'autres le temps de les renforcer. Vingt-
cinq français seulement faisaient partie de la garnison
du château ; c'en était assez pour le sauver, s'ils eussent
les premiers été dirigés sur le point assailli ; mais ce
furent des Hessois qui mollirent au premier choc de quelques hommes, qui reculèrent, permirent ainsi aux Anglais de continuer l'escalade, et furent l'unique cause
de la perte de la plus vaillante garnison de l'armée d'Espagne. Le château fut donc emporté et la garnison bar-
barement égorgée par le vainqueur. Là périrent le chef
de bataillon Schmalkalder, l'adjudant major Schultz et
le capitaine d'artillerie d'André Saint-Victor.

Ce n'était point ainsi qu'on se comportait là où, tout-
à-l'heure, les combattants des brèches écoutaient retentir le canon et crépiter la fusillade. Plus de 25,000
hommes attaquaient partout à la fois ce qui restait debout à Badajoz, après tant de combats. Une division
anglaise tentait d'enlever d'assaut la couronne de Pardaleras ne comptant qu'un faible nombre de défenseurs;
mais là l'énergie de la résistance était aussi admirable
qu'aux bastions 6 et 7. Les braves de Pardaleras qui
ignoraient, après les épouvantables explosions des
brèches, à qui elles étaient enfin restées, ne bronchèrent
pas un instant devant les forces supérieures qu'ils avaient
en face; ils culbutèrent tout ce qui se présenta, malgré
l'acharnement des assaillants et le feu redoublé qui protégeait chaque assaut ; ils eurent, comme leurs camarades de la place, la gloire de voir fuir les anglais,
laissant également les fossés et les glacis du fort jonchés
de morts et de blessés.

CHAPITRE XIII.

—

Le bastion N° 1 est emporté ; — Les Anglais marchent sur les
derrières de la grande brèche ; — Vigueur du capitaine Malbeste ; — Retraite sur San Christoval ; — Tumulte, confusion ;
— Embuscade, dangers courus ; — L'état-major se rassemble ;
Farignas est secouru et sauvé par un chasseur à cheval ; —
Lutte de générosité ; — Le pont de la Guadiana est forcé ; —
Incertitude et alarmes ; — La maison de Noguera, généreux
accueil ; — Nouvelle alarme ; — Moyens de salut inutilement
préparés.

L'enceinte de Badajoz forme, ainsi que nous l'avons
dit, en partant de la Guadiana et de gauche à droite,
à peu près trois quarts de cercle par une série de bastions numérotés de 1 à 9, et dont le dernier se relie à
la porte de droite du château donnant sur la campagne,
tandis que la porte de gauche donne sur le fleuve. Cette
porte et le bastion n° 1 sont les deux extrémités de la
corde qui tend l'arc de cercle parallèlement à la Guadiana ; aussi était-il tout naturel que le bastion n° 1
envoyât au secours du château en suivant le rempart qui
joint ces deux points en droite ligne ; nous avons vu que
deux compagnies du 9° léger commandées pour marcher
sur le château, par un fatal mal entendu, avaient pris
à droite et fait presque le tour de la place pour arriver
aux brèches, au lieu de suivre le rempart qui, dans
quelques minutes, les eût conduites à la porte nord du
château. Le bastion n° 1 avait été dégarni des cinq si-

xièmes de ses défenseurs, il n'y restait plus que quelques pelotons , quand la 5ᵉ division anglaise , sous les ordres du lieutenant général Leith et du major général Walker, vint l'assaillir avec des masses d'infanterie. L'escalade est générale, partout les échelles se dressent menaçantes; mais la poignée de braves qui défend la position court de l'une à l'autre , luttant à la baïonnette avec ceux qui ont déjà mis le pied sur le rempart , accueillant par des feux obliques à droite et à gauche ceux qui grimpent aux échelles. Enfin ils sont écrasés par le nombre et ne cèdent le terrain à l'ennemi, qu'après lui avoir mis plus de six cents hommes hors de combat , et blessé grièvement le général Walker.

Et cependant , un bataillon du 28ᵉ était pendant ce temps là immobile dans les bastions 3 et 4 ; on ne sait comment ce bataillon n'exécutait pas sa consigne qui lui enjoignait d'appuyer à droite et à gauche, suivant le cas, les détachements aux prises avec l'ennemi. Quoiqu'il en soit , les Anglais une fois maîtres du bastion , se mirent en marche le long du rempart , dans le but d'attaquer sur les derrières les grenadiers et voltigeurs qui défendaient les brèches avec tant d'opiniâtreté. Arrivés devant les bastions 3 et 4 , ils se rencontrèrent avec un officier dont la vigueur leur prouva combien un homme de résolution peut parfois faire changer la fortune , au moment où elle semble le plus contraire. C'était le capitaine de grenadiers Malbeste amenant là les débris des 28ᵉ et 58ᵉ de ligne , formant à peine 400 hommes.

Il était plus de minuit ; la colonne anglaise s'avançait, pleine de confiance , sachant que le château était pris et que la 5ᵉ division ne pouvait manquer de faire sa jonction avec elle, dans l'intérieur même de la ville. Tout-à-coup une vive fusillade l'accueille , et le brave Malbeste lance son bataillon à la baïonnette sur les habits rouges.

C'est un combat corps-à-corps qui s'engage sur le terre-plein des bastions; peu à peu les Anglais reculent, les Français redoublent de courage et voient enfin leurs adversaires lâcher pied malgré les menaces et les efforts de leur général qui ne peut les ramener au combat. Le capitaine Malbeste les poursuit la baïonnette aux reins jusqu'au bastion où il espère leur faire mettre bas les armes ; mais vain espoir ! l'ennemi avait eu le temps de former sa réserve dans ce même bastion n° 1 ; il se voit en force et reprend à son tour la supériorité que lui donne le grand nombre ; il entend les cris de la 5e division qui, descendue du château, marche dans sa direction à travers la ville, il se délivre des quelques compagnies qui lui donnaient la chasse, s'avance au devant de ses compagnons, fait sa jonction avec eux, et, du coup, Badajoz n'a plus qu'à périr !

La place où se tenait en réserve le gouverneur avait été isolée du reste de la ville ; impossible de transmettre un ordre aux troupes. La confusion ne tarda pas à se mettre partout ; on courait d'un poste à l'autre ; on se fusillait dans les rues où retentissaient des cris et des jurements affreux. Nuit à jamais désastreuse dans les fastes de l'armée d'Espagne !

Un piquet de dragons arrivait au grand trot sur le rempart ; parvenu au coin du second retranchement en arrière des brèches, le sous-officier qui le commande s'écrie que le gouverneur va opérer sa retraite sur San-Christoval, qu'il faut le rallier sur la place de Las Palmas, et les dragons se dirigent vers la place où se trouve l'état major.

Le général Philippon a raison, dit Farignas à son ami Olize, il faut lutter jusqu'au bout, et puisque les habits blancs n'ont pas su nous garder pour retraite le château qu'occupent en ce moment les habit rouges ; eh ! bien, il faut recommencer à nous défendre dans San Christoval et Pardaleras.

— D'autant mieux, répliqua le lieutenant, que c'est vers la place de Las Palmas que demeure Noguera, et que si la retraite nous était coupée sur le pont de la Guadiana , nous pourrions aller demander à ce brave homme de nous soustraire aux suites de la défaite de la garnison.

Roméro s'approcha alors de Farignas et lui dit que le commandant français n'ayant point d'ordre ne voulait pas abandonner son poste , mais qu'il autorisait le détachement espagnol à aller en reconnaissance du côté de la place où se trouvait le gouverneur.

— Allons , dit Farignas , je ne te demande point de me rendre ma montre ; songe à ce que tu devras en faire ; la nuit n'est pas passée !

Les Espagnols se formèrent en peloton et s'engagèrent dans la rue qui menait à la petite place. Un effroyable tumulte régnait dans toute cette partie de la ville ; les détachements anglais et français s'accueillaient à chaque instant à coups de fusil ; l'obscurité ajoutait encore à la confusion et plus d'une fois des nationaux tiraient sur les leurs. Quelques bandes d'habitants armés ne tardèrent pas à se montrer et à se mettre en embuscade au coin des rues , cherchant à couper les hommes isolés qui venaient de leur côté. Comme les Espagnols Joséphinos entraient dans la rue San Carlos , un groupe apparut à l'angle de la rue prochaine , et à sa tête, une haute taille se dressait encore menaçante; c'était toujours le spectre acharné après sa proie.

— Tiens, le vois-tu ? dit Farignas à Roméro, en étendant le bras vers lui.

— Oui parbleu , je le vois, répondit Roméro en tirant un coup de pistolet sur le personnage.

Les hommes embusqués parurent hésiter un instant sur le parti qu'ils avaient à prendre ; ils laissèrent s'approcher le détachement pour être plus certains de leur fait, et se disposaient à fondre sur lui, quand un peloton de Français déboucha par une autre rue et se réunit aux Espagnols. Au même instant se firent entendre les cris de victoire d'un bataillon anglais qui se portait vers la place. Dominguez et les siens entrèrent dans la rue dont ils occupaient l'entrée et se mirent à courir.

— Les gredins ! s'écria Olize , ils vont se joindre aux habits rouges et nous guetter à l'entrée de la place; nous allons les voir tout-à-l'heure.

Cependant le désordre devenait de plus en plus affreux; les Anglais se livraient déjà aux excès qui souillèrent leur victoire; dans toutes les rues ce n'étaient qu'imprécations et jurements dans trois langues diverses, Anglais, Fran-çais et Espagnols unissant dans un concert infernal les clameurs que leur arrachent tous les sentiments qui les animent. Les coups de feu retentissent, les gémissements des blessés s'y mêlent dans l'ombre , tout n'est plus qu'une sanglante Babel.

Au milieu de ce désordre les généraux Philippon et Veiland , cherchent , du moins , à sauver quelques dé-bris de l'héroïque garnison de Badajoz et à gagner le fort San Christoval. Ils rassemblent autour d'eux une soi-xantaine d'hommes et quelques cavaliers, et accompagnés de la majeure partie des officiers de l'état major , ils se dirigent , à travers la ville, vers la place de Las Palmas.

Ils venaient de se mettre en marche comme arrivait le détachement espagnol. Ceux-ci surpris de ne rien voir sur la place et ignorant quelle route prendre , prêtent l'oreille et entendent à quelque distance le trot des che-vaux. Ils courent à l'instant dans cette direction , mais voilà qu'avec de grands cris , une compagnie anglaise guidée par des habitants que leurs compatriotes ne re-connaissent que trop bien , débouche sur la place et se met à leur poursuite. Les Joséphinos redoublent le pas et vont bientôt se trouver au milieu des Français; mais peu à peu Farignas souffrant de sa blessure demeurait en arrière ; il entendait déjà sur ses traces les sicaires de Ferdinand qui lui criaient : *arrête* ! *arrête* ! une petite arrière garde de quatre chasseurs à cheval était par

bonheur à quelques pas de lui ; *A moi* , *camarades* , s'é-
crie-t-il ; *sauvez un blessé* !

Les braves chasseurs se retournent et reviennent sur
leurs pas ; l'un d'eux saisit d'un bras vigoureux le capitaine espagnol, lui aide à se mettre en croupe, et tous se
remettent au trot pour rejoindre l'état major , poursui-
vis de nouveau par Dominguez et ses acolytes qui lâchent
au hasard leurs coups de carabine sur les soldats français.
Le cheval qui portait Farignas et son libérateur fit un
soubresaut.

— Cré coquin ! fit le chasseur , je crois que la pauvre
vieille Lise a encore attrapé son atout.

A mesure qu'on approchait de l'escorte de l'état major,
le tumulte allait croissant ; une foule de soldats isolés
avaient pris la direction de la porte de Las Palmas, les
Anglais s'y rendaient de leur côté pour couper la retraite
aux fuyards par le pont de la Guadiana. En arrivant sur
la place les chasseurs aperçurent à l'autre extrémité une
foule compacte; c'étaient les Français. A l'instant ils pren-
nent le galop pour traverser la place ; mais le cheval
blessé est rétif, il reste en arrière , et déjà les troupes
anglaises arrivant par le rempart , du côté du château ,
menacent de couper les quelques hommes encore sur la
place. Farignas s'aperçoit qu'il est un obstacle à la marche
du généreux soldat qui le porte à ses côtés ; encore
quelques minutes, et il va le voir prisonnier de guerre,
et prisonnier des anglais ! Il va peut-être le condamner
à périr sur les infâmes pontons, honte éternelle de l'Angleterre !

Le Castillan sent se réveiller en son cœur toute la no-
blesse de sentiments qui distingue sa vieille patrie ; il
sera digne de l'enfant de la France qui joue pour lui sa
liberté ou sa vie.

Camarade , dit-il , c'est moi qui vous empêche de rejoindre vos compatriotes les Français; adieu , je ne veux

point, pour me sauver , risquer de vous faire prendre avec moi ; je vous remercie ; que Dieu vous protège !

Et Farignas ! cherchait à descendre de cheval.

— Non , non répliquait le chasseur , tenez-moi bien , mon capitaine ; nous arriverons à temps.

Mais déjà l'entrée du parapet menant au pont était disputée par un détachement ennemi ; les autres chasseurs étaient aux prises avec les fantassins anglais. A cet aspect , Farignas n'hésite plus , il se jette en bas du cheval, le Français met le sabre à la main et court au galop au secours de ses camarades , en se détournant vers l'Espagnol et en lui criant : *adieu , capitaine ; ce n'est pas moi qui vous ai lâché , au moins !*

Une poignée de braves se trouvait là engagée et soutenait vigoureusement la dernière fusillade [de cette nuit néfaste ; quelques dragons qui survinrent à son aide , firent une trouée , et ce qui restait de tant de braves gens put enfin traverser la Guadiana et rentrer dans le fort San Christoval.

Farignas étourdi de sa chute , regardait autour de lui avec anxiété , il ignorait ce qu'étaient devenus ses amis , il lui paraissait impossible que les Français restés dans la place ne se rendissent pas à l'armée anglaise maîtresse de toutes les issues ; il songea alors aux offres de Juanita , ce bienfaisant génie qui veillait sur lui et ses compagnons , tandis que l'implacable Dominguez le poursuivait de toute sa haine. C'était précisément dans ces environs que se trouvait la corderie de Noguera ; il se dirigea donc vers le rempart, se traînant avec douleur par suite de sa blessure. C'était la partie de la place la plus solitaire, les différents postes anglais et français l'avaient abandonnée pour se porter du côté des brèches et du Château.

La nuit allait finir , quelques lueurs crépusculaires commençaient à poindre à l'horizon , le malheureux fugitif cherchait à reconnaître les lieux , craignant à chaque instant la rencontre de quelques uns des sbires affidés de la petite junte fernandiste , organisée à Bada-joz pour agir au moment où il n'y aurait plus de dangers pour elle à se montrer. Il se heurta à un obstacle dressé devant lui ; il ne douta plus qu'il ne fût devant la maison du brave Espagnol qu'il cherchait , en apercevant le long d'un sentier qui longeait quelques demeures , les chevalets d'une corderie.

Une faible lueur perçait à travers les ais mal joints d'une petite porte et annonçait que les habitants veil-laient encore. Farignas allait doucement y frapper , quand un sentiment subit vint se glisser comme un rep-tile glacé au fond de son cœur. Si de nouveau il allait volontairement se jeter dans un piège ! si la trahison , pour le mieux enlacer , avait , pour lui et ses amis , dé-ployé toutes les séductions de la sirène ! fallait-il croire à tant de perfidie , lui , véritable Castillan , esclave des lois de l'honneur ? Il hésitait encore , quand il entendit des coups de feu et des cris retentir à quelque distance , dans la direction du rempart qui conduit à la porte Par-daleras.

Sa blessure le faisait de plus en plus souffrir ; il pou-vait à peine marcher ; il se hasarda donc à heurter deux petits coups à la porte qu'il présumait être celle de No-guera. Après quelques instants de silence et d'attente , un homme entr'ouvrit doucement la porte , et recon-naissant l'uniforme espagnol , fit entrer avec empresse-ment l'hôte qui se présentait ainsi. Farignas était réellè-ment dans une maison amie , au sein de la famille du cordier.

En entrant dans la salle basse , il s'assit ou plutôt se laissa tomber sur une chaise , pâle et épuisé de fatigue. La maîtresse du logis et deux jeunes filles de quinze à seize ans s'approchèrent à l'instant du pauvre fugitif , et se mirent à le regarder de cet air si plein d'intérêt et de compassion que le malheur inspire toujours à la nature aimante des femmes ; elles attendaient qu'il exprimât un désir pour tâcher de le satisfaire.

— Merci, mes bons amis, dit Farignas en tendant la main au bon Noguera qui se tenait respectueusement en face du capitaine, le bonnet à la main ; je n'ai besoin de rien ; avez vous vu ici quelque autre officier espagnol ?

— Ah ! sainte vierge ! dit la femme en levant les yeux au ciel, quelle nuit ! nous n'avons rien vu; nous n'avons fait qu'entendre le bruit de l'enfer et les cris des démons!

— Tout est donc désespéré ! ajouta Noguera, avec un profond soupir ; ces chiens de mécréants Anglais vont écraser Badajoz.

— Il n'y a plus qu'à se rendre ; ils sont maîtres de la place, et les Français ne peuvent plus continuer la lutte, le Château lui-même est pris.

— Pourvu maintenant que les fernandistes de la petite junte ne se soient pas déjà emparés des bateaux ! J'ai envoyé mon fils chez Zayas que m'avait indiqué Mme Dominguez, c'est lui qui est prévenu et c'est lui qui doit se tenir prêt avec son canot, pour passer les personnes que je lui amènerai.

Les coups de feu se multipliaient et se rapprochaient peu-à-peu; chacun les écoutait avec une sombre attention.

On frappa à la porte ; comme on hésitait à ouvrir : C'est Nino, dit une des jeunes filles, avec un instinct du cœur qui ne trompe point une sœur, et elle alla ouvrir à son frère.

C'était un jeune homme d'une vingtaine d'années, à la tournure svelte et élancée, au regard plein d'audace et de pétulance. Il entra en jurant et en faisant des gestes de dépit ; puis il aperçut le capitaine, ôta avec respect son béret, et regarda avec intérêt son nouvel hôte.

— Eh ! bien, lui dit sa mère, qu'as-tu à nous apprendre ?

Le jeune homme secoua tristement la tête.

— Il est trop tard, ma mère ; ils sont déjà à la porte de Las Palmas et à l'entrée du pont ; le capitaine Zarco est là qui examine tous ceux qui se présentent et les empêche de sortir ; ce vieux singe pelé ne voulait-il pas me faire arrêter comme Joséphino ? Par Saint-Jacques je suis bon Espagnol et du parti des Cortès et de la Constitution ! Mais aussi, j'ai donné ma parole à la bienfaitrice de notre famille, à la noble senora Dominguez ; n'ayez pas peur, capitaine Farignas.

— Est-ce que vous me connaissez ? dit vivement l'autre en se levant, ou madame Dominguez aurait-elle prononcé mon nom devant vous ?

— L'un et l'autre, dit en souriant le jeune Nino. Il paraît que quelqu'un qui vous connaît aussi parcourt, à la tête d'une patrouille, les bords de la Guadiana, l'illustre senor Dominguez se fait en ce moment Alguazil.

— Misérable! reprit Farignas avec un geste de mépris, il fait là le seul métier dont il soit digne ! Savez-vous ce que sont devenus mes amis Roméro et Olize ?

— Je n'en sais rien ; mais on disait à la porte de Las Palmas qu'un petit détachement espagnol ayant appris que le pont était gardé par le capitaine Zarco, s'était rendu à une compagnie d'infanterie anglaise qui lui barrait le chemin de ce rempart où il voulait s'engager.

— Ils venaient ici ! pauvres camarades !

— N'importe, capitaine ; si vous voulez vous fier à moi, je connais un endroit du rempart par lequel on peut descendre vers la Guadiana ; je vous y conduirai, puis vous passerez à la nage de l'autre côté qui est au pouvoir des Français.

Farignas, pour toute réponse, montra son pantalon dont une jambe était pleine de sang.

— Ah ! diable ! vous ne pourriez pas nager, vous êtes blessé !

CHAPITRE XIV.

—

Anxiété, arrivée des voltigeurs ; — Tentative de Farignas et des soldats français ; — La porte de Pardaléras est vivement disputée ; — Constance et fierté des défenseurs de la grande brèche ; — Dernière et héroïque résolution de Farignas ; — Les vainqueurs souillent leur victoire ; — Pertes de l'armée anglaise sous Badajoz ; — Dénouement, double lâcheté.

Cependant le tumulte qui ne s'entendait que de loin tout-à-l'heure, régnait maintenant jusque dans la paisible partie du rempart qu'occupaient les quelques petites maisons voisines de celle de Noguera. On entendait distinctement les clameurs des combattants qui s'approchaient en continuant un feu de tirailleurs ; bientôt des coups de crosse retentirent sur la porte. Les trois femmes toutes tremblantes jetaient un œil effaré sur le capitaine espagnol, et de protectrices qu'elles étaient, devenaient presque suppliantes; Noguera et son fils saisissaient leur fusil tandis que Farignas portait la main à son épée.

— Si ce sont des fernandistes, n'ouvrez pas, au moins ! dit la mère à son mari et à ses fils.

— Ouvrirez-vous là-dedans, crré mille noms ? criait-on du dehors.

— Ce sont les Français ! dit Farignas ; et à l'instant, il ouvre la porte.

Un peloton de voltigeurs s'y précipite ; les uns cherchent l'escalier et le montent quatre à quatre, tandis que d'autres se mettent en devoir de barricader la maison.

— Que faites-vous là , mes amis ? dit le capitaine aux soldats français.

— Parbleu ! nous faisons comme les autres , nous nous défendons ; le reste du bataillon s'est retranché dans les maisons qui donnent sur le rempart , et de là les camarades canardent les habits rouges , jusqu'à ce que nous recevions des ordres.

— Mes amis , nous n'en avons plus à recevoir que de notre courage ; l'état-major n'est plus dans la place, elle est au pouvoir de l'ennemi ; le pont de la Guadiana est en son pouvoir ; voulez-vous me suivre ? nous allons tâcher de gagner le fort de Pardaleras et forcer la porte, si elle est aux mains des Anglais.

— Ça va , capitaine ; nous vous suivrons , n'ayez pas peur.

Farignas après avoir remercié ses hôtes , se met à la tête des voltigeurs qui étaient commandés par un sergent, et se dirige vers la porte de Pardaleras située entre les bastions 4 et 5. A mesure que le détachement passait en regard de quelque rue , un homme s'avançait à l'entrée et appelait à lui tous les soldats isolés qu'il apercevait sur le pavé ou aux fenêtres , prêts à tirailler. Le grand jour était venu , il était près de six heures du matin; les méprises de la nuit n'étaient plus possibles, ils se recrutèrent ainsi le long de leur route , et ils étaient une soixantaine d'hommes , devant la porte de Pardaleras.

Un bataillon s'y dirigeait en même temps pour s'en emparer ; les Anglais parvenus les premiers se mirent en bataille devant le corps de garde et sommèrent de mettre bas les armes les hommes qui semblaient vouloir leur disputer la position. Le poste français , voyant du renfort, se mit soudain à faire feu par les croisées du corps de garde ; les Anglais , surpris , firent un mouvement confus dont profitèrent les nouveaux venus en se ruant à la baïonnette sur le centre. Un lieutenant français qui exécuta ce mouvement téméraire , parvint à passer avec quelques voltigeurs et gagna ainsi le fort Pardaleras; mais ce fut en vain que le reste de la colonne, commandée par Farignas, voulut faire une seconde trouée; l'attaque fut repoussée et le reste des combattants, sans vouloir encore se rendre, continua à grands pas sa marche jusqu'aux bastions 6 et 7.

Là les fidèles défenseurs des brèches étaient toujours à leur poste ; exténués, sanglants, ils avaient mission de vaincre ou de mourir, et, dans l'incertitude de ce qui se passait, le devoir les clouait à cette brèche confiée à leur noble vaillance. Ce fut à cet instant qu'ils apprirent enfin d'une manière certaine que tout était perdu, et que le désespoir s'empara de tant de braves. Pendant ce temps là, le feu des tirailleurs qu'ils entendaient depuis deux heures dans l'intérieur de la ville, se ralentissait, il finit par s'éteindre ; les derniers combattants retranchés dans les maisons, tout couverts de blessures, étaient tombés au pouvoir de l'ennemi ; Badajoz n'appartenait plus qu'aux Anglais et à l'histoire !

Après s'être emparée de tous les postes, et avoir fait cesser toute résistance, l'armée anglaise se mit en devoir d'obtenir la soumission du corps d'élite qui tenait encore aux brèches. Elle s'avança donc à droite et à gauche des bastions occupés. A l'aspect des premiers pelotons, les malheureux soldats français se voyant sans ressource ne veulent pas, du moins, rendre les armes ; ils brisent leurs fusils sur le sol, en jettent les débris loin d'eux, et le regard fier, attendent l'Anglais.

Farignas était auprès d'un mortier chargé ; la mèche fumait non loin, fichée en terre ; tout-à-coup il la saisit d'une main convulsive, et se place à la bouche de la pièce. *Braves Français*, s'écrie-t-il, *adieu ! Vive lEspagne, vive la France !* un bras s'abaisse ! l'éclair luit, la détonnation résonne, et aux yeux stupéfaits des canonniers, elle emporte sur le glacis les lambeaux palpitants de ce qui avait été le capitaine Farignas.

Quelques minutes après , arrivait à pas pressés une troupe d'habitants armés , en tête desquels marchait l'éternel fantôme attaché comme son ombre aux traces de l'officier Joséphino. Un homme de haute stature demandait la remise de ce prisonnier, au nom de Ferdinand VII ; puis on lui montrait de loin quelques débris d'uniforme ; la mort avait fait un larcin à Dominguez ; il venait trop tard !

N'est-il donc pas de page glorieuse sans revers? L'armée anglaise qui venait de déployer la plus brillante valeur dans les attaques de Badajoz , souilla sa victoire par les excès les plus hideux. Cette malheureuse ville fut traitée par les auxiliaires de Ferdinand avec une barbarie révoltante ; le meurtre , le viol, le pillage et l'incendie s'y promenèrent impunément et n'en firent plus qu'une vaste tombe ; sort funeste auquel devrait toujours songer tout parti qui appelle l'étranger à son secours !

Le fort San Cristoval dans lequel s'était retiré le gouverneur, n'avait plus que trente coups à tirer et pas une ration de vivres. Le lendemain , 7 avril 1812 , un mouchoir blanc qui y apparut au bout d'une baïonnette , annonça la reddition des intrépides chefs qui avaient poussé jusque aux dernières limites la résistance d'une place mal approvisionnée , défendue par des ouvrages à peine ébauchés , et forcée , avec une garnison trop faible de moitié , de faire face à une armée de plus de 25,000 hommes aguerris , disposant de ressources immenses , et aidés des vœux et des efforts secrets des habitants.

Et pourtant , cette garnison de quatre mille combattants au plus , avait soutenu vingt-un jours de tranchée ouverte , avait mis à l'ennemi hors de combat plus de six mille hommes, dont 378 officiers et six généraux, et elle eût triomphé de lord Wellington , sans le coup de main du général Picton , de ce brave qui fit dire de lui à l'Angleterre , qu'elle payait trop cher la gloire de Waterloo , achetée par le trépas d'un tel soldat !

. . . .

Quelques jours après , c'était pour Badajoz une nouvelle scène de deuil ; la foule rangée en silence bordait les rues qui mènent aux remparts ; elle attendait , plus pressée , aux alentours de la prison. Bientôt la garde apparaît , et entre les deux lignes , marchent d'un pas ferme cinq officiers et quelques soldats espagnols. Ils jettent autour d'eux des regards inquiets , cherchant si , dans cette foule , ils rencontreront des visages amis ; partout la curiosité et l'indifférence ; heureux si au milieu de cette populace fanatique , ils ne voient point éclater la joie sauvage du triomphe.

Belle victoire , en effet , pour l'Espagne et l'Angleterre.

Rendu sur le glacis , le cortège funèbre s'arrête ; un adjudant s'en détache et va indiquer le lieu fatal. Avant d'aller s'y placer , officiers et soldats se tendent une dernière fois la main ; c'est le moment où pour tous l'égalité commence. L'un d'eux s'avance vers le commandant de l'escorte et lui remet un objet avec prière de le faire tenir à son adresse ; c'est l'infortuné capitaine Roméro ; il acquitte la promesse faite à son ami , et confie à l'officier la montre , dont il était dépositaire.

— O Farignas , s'écrie-t-il , toi seul connaissais nos ennemis ; tu n'as pas voulu te fier à eux , et tu leur as épargné un crime ; n'importe , nous mourons comme toi , pour l'Espagne et pour la liberté !

Quelques instants après , Badajoz entendait de loin une sourde explosion , sous laquelle tombaient , pour ne plus se relever , le chef de bataillon Niéto , le capitaine Roméro , les lieutenants Gambari , Olize et Guévora

et les pauvres soldats espagnols , derniers débris du détachement auxiliaire qui avait dignement combattu sous
le drapeau français , pendant ce siège mémorable. Ils
s'étaient tous rendus à l'armée anglaise qui avait eu la
lâcheté de les livrer au parti de Ferdinand VII. Ce parti
clément venait de les fusiller.

Il s'était rencontré là des hommes qui , représentants
de l'Angleterre, avaient ainsi accepté un rôle encore plus
vil que celui du bourreau; ils s'étaient, à ce titre, faits
son valet !

16 Mars 1854.

Il y a aujourd'hui , jour pour jour , quarante-deux ans que s'ouvrait le mémorable siège que je viens de décrire. Devais-je , au bout de tant d'années , et après avoir rendu loyalement hommage à la brillante valeur de nos ennemis , passer sous silence les taches par eux imprimées alors à leur triomphe? Je le pouvais impunément. Ainsi que je l'ai dit au commencement de ce petit volume , le gouvernement d'alors ne publia pas un mot officiel sur la défense héroïque de Badajoz ; les bulletins anglais n'auront sans doute pas dit la vérité tout entière; il appartenait donc aux témoins oculaires et aux acteurs de ce grand drame militaire de la faire connaître. Ce que j'ai écrit après le colonel Lamare , est de l'histoire ; il est vrai que le capitaine espagnol Farignas s'est fait sauter pour éviter le sort qu'il prévoyait réservé à ses frères d'armes ; il est vrai qu'ils furent livrés par l'armée anglaise qui souilla alors sa victoire par une foule d'excès ; dès lors pourquoi se taire ?

Il est bon qu'une lumière , même tardive , venant enfin éclairer des faits qu'on espérait devoir demeurer ensevelis dans l'ombre , avertisse que l'histoire ne perd jamais ses droits. L'Angleterre et la France , si longtemps rivales acharnées , marchent aujourd'hui réunies sous le même drapeau , celui du droit et de la justice ; qu'elles n'aient plus d'autre rivalité que celle de se disputer l'admiration |de l'Europe entière qui a les yeux fixés sur leurs armées fraternelles. Que ces vaillants enfants des deux premières nations du monde rachètent sur les nouveaux champs de bataille de la civilisation , et pour conquérir la paix , tout ce que la vieille haine Britannique avait , pendant vingt ans , surtout , coûté de sang et de larmes à l'humanité si longtemps outragée ! La généreuse France ne fera point défaut dans cette nouvelle croisade.

Em. L.

www.ingramcontent.com/pod-product-compliance
Lightning Source LLC
Chambersburg PA
CBHW071119260626
47162CB00006B/2393